Eine Frau kehrt von einem mehrwöchigen Aufenthalt im westlichen Ausland nach Ostberlin zurück und verspürt deutlicher als je zuvor den Wunsch, die DDR zu verlassen. Kaum hat sie den Ausreiseantrag gestellt, lernt sie einen Westberliner kennen – ein Großteil ihrer Hoffnungen konzentriert sich nun auf ihn. Als sie im Sommer 1988 den Paß erhält, der es ihr ermöglicht, der Welt des Stillstands den Rücken zu kehren und in der Westhälfte Berlins einen Neuanfang zu wagen, tritt der Freund den Rückzug an. Die plötzliche Nähe, die Entscheidungen verlangt, kann er nicht ertragen. Zurückgeworfen auf den Teil der Stadt, den sie eigentlich verlassen wollte, erlebt sie die Umwälzungen der jüngsten deutschen Geschichte aus nächster Nähe mit. Aus der Perspektive einer Grenzgängerin mit schlechtem Gewissen – sie empfindet ihr Pendeln als Verrat – beobachtet sie die Ausreisewelle und schließlich den Fall der Mauer. Erinnerungen brechen sich Bahn: an ihre Reisen zur Großmutter nach Rußland, an die Nachkriegszeit im Osten Berlins mit der Euphorie beim Aufbau der DDR sowie an die Verbannung des Vaters in die Provinz. Plötzlich scheint nichts mehr sicher – weder im Privaten noch im Politischen ist abzusehen, wie es weitergeht.
In ihrem autobiographischen und vor Aktualität pulsierenden Roman erzählt Irina Liebmann die Geschichte einer verzweifelten Grenzwanderung zwischen Ost- und Westberlin vor dem Hintergrund von Liebe und Verrat. Die Schwingung der Zeit mit modernsten Erzählmitteln einfangend, gibt sie Gespräche in Ostberliner Kneipen wieder, schildert Menschen, Häuser und Straßenzüge in Ost- und Westberlin und spürt in allen Wahrnehmungen den historischen wie psychologischen Veränderungen nach.

Irina Liebmann, 1943 geboren, studierte in Leipzig Sinologie. Seit 1975 lebt sie als freie Schriftstellerin in Berlin. Als Fischer Taschenbuch liegt von ihr außerdem das Buch ›Berliner Mietshaus‹ (Bd. 11287) vor.

Irina Liebmann

IN BERLIN

Roman

Fischer
Taschenbuch
Verlag

Die Arbeit der Autorin an dem Roman wurde vom Deutschen Literaturfonds gefördert.

Figuren und Handlungen dieses Romans sind frei erfunden. Sollten Ähnlichkeiten mit Lebenden oder Verstorbenen auftreten, so sind sie rein zufällig und nicht beabsichtigt.

Veröffentlicht im Fischer Taschenbuch Verlag GmbH,
Frankfurt am Main, August 1996

Lizenzausgabe mit freundlicher Genehmigung des
Verlags Kiepenheuer & Witsch, Köln

Druck und Bindung: Clausen & Bosse, Leck
Printed in Germany
ISBN 3-596-13242-8

Gedruckt auf chlor- und säurefreiem Papier

Für meine Eltern

OKTOBER

Tritt ein. Wiener Walzer trudelt aus Lautsprechern. Die erste Stewardeß riecht nach Kaffee und sagt Grüß Gott. Zu zweit zerren sie an der Tür, bis die fest genug zu ist, und jemand schaltet den Walzer aus. Die Greisin neben dir greift wiederholt ans Fenster, wo Rasen vorbeifliegt, klopft mit den Fingern ans Glas, winken, wird sie sagen, mein Wien, und dann den Mund schließen, weil du die Augen zugeklappt hast. Im Dunkeln denkst du, daß ihr jetzt im weißen Rauschen seid und bald im Eisernen Vorhang, man sieht nichts mehr hinter den Fenstern, die Stadt Wien hat es nie gegeben, keine Sonne drauf, keinen Zug, der dort ankam, pünktlich um zwölf und um zwölf wieder abfuhr, mit einem Mann, der dir fehlen wird, in drei Sekunden war der ganze Zug zu einem Punkt verkleinert und ausgelöscht aus dem Bild, danach hattest du zwei Hände frei, für die sind Taschen eingenäht in deine lange Hose, zwei Taschen braucht der Mensch oder zwei Lehnen an so einem Flugzeugsessel, Push steht dann unter jeder Hand, wenn du sie so brav rauflegst, es gibt was zu essen, die Frau am Fenster hat sich Kaffee bestellt und nickt dir zu, wenn du die Augen aufmachst, will wissen, ob du auch weiterfährst von Schönefeld nach Westberlin, nein, das wird dir leid tun, tut mir leid, das findet sie schade. Schade. Zu weiteren Gesprächen wird es nicht kommen, denn schon habt ihr ein Fahrstuhlgefühl nach unten, dunkel wirds, in Wolken werdet ihr fallen, die Schachteln, die ihr gleich sehen werdet, kennst du gut, den schwarzen Fluß, den schwarzen Wald, jetzt sinkt ihr ohne Aufenthalt in einen dunklen Himmel, tritt ein. Schon kippen sie euch auf Beton, eure Beutel müßt ihr selber tragen, die Beute, zu den Durchgängen, in die eine Person sich geradezu reinzwängen muß, es hängen Spiegel darüber, auf Knopfdruck wird ein Türchen aufspringen, so ein kleines, massives Stahltürchen sitzt dann locker, aufklappen mußt du es selber, das ist die Grenze. Eintreten.

Da geht die Liebmann mit Koffer und Plastikbeutel zur S-Bahn, unten im Tunnel ist eine Schiefertafel aufgebockt, Kreideschrift. Soll tot sein, der Abschnitt, dafür fährt ein Bus, eiskalt, junge Männer in Lederjacken drin, alle mit Gehörschaden, so laut wie die reden, einer rülpst für alle zusammen, die lachen, lachen beim Rausklettern, Hochhopsen, die Stufen vom Bahnhof Grünau, wo die S-Bahn wieder fahren soll, hoch zum Perron, ein einsamer Leutnant steht da, ist gleich darauf nicht mehr zu sehen in einer Wolke von Menschen, die aus der Bahn steigen, die gerade herangefahren war. War so leise, die Bahn, so laut ist es jetzt, Brüllen, Pfeifen, einer singt, zwei: Gehnse weiter, gehnse weiter, Sie sind ja nur Gefreiter, allgemeine Heiterkeit hier oben, der Gefreite grinst, paar Minuten lang hört man es vor dem Bahnhof noch weitersingen, dann ist Ruhe.
Ruhiger Sonnabendnachmittag. Die Liebmann steht auf dem Bahnsteig, der Gefreite auch, die nächste S-Bahn fährt ein und fährt weiter, die beiden sind eingestiegen, es sitzt noch ein Ehepaar im Waggon, zeigt sich die vorbeifahrenden Bäume, haben alle noch Laub drauf, so ein schöner Herbst isses gewesen, kann man nicht mekkern.
Bahnhof Ostkreuz drängeln viele herein, bringen kalte Luft mit und Blumengeruch, Winterastern, frisch aus den Gärten, ein Berliner muß einen Garten haben, sonst kommt er nicht über die Runden, historisch, das war ein Fehler, daß sie die Gärten abgeräumt haben, denkt die Liebmann, Tausende müssen es gewesen sein, ewig ist sie als Kind an Gärten vorbeigefahren mit der Bahn, endlos Lauben im Schnee und Gartenzäune bis zum Horizont.
Schönhauser Allee wieder alle raus, nur der Gefreite sitzt

immer noch drin, zwei Bankreihen weg von der Liebmann, säubert sich die Fingernägel. Am Bahnhof Pankow sind die Laternen schon angezündet, sparsame Bühnenbeleuchtung, rötlich, rötlich zwei Männer an der Currywurstbude da drüben, eine Straßenbahn quietscht, Stehenbleiben, ruft eine Männerstimme hinter ihr, Bleibste stehen, du!, und jetzt hat die Liebmann noch einen halben Kilometer zu laufen und drei Stockwerke hochzusteigen.
Das Kind, das ihr öffnen wird, wird ihr blasser, strenger, greller geschminkt und lackiert vorkommen als vor vier Wochen, es wird sagen: So spät, und: Koch dir deinen Kaffee selber, den Pullover nicht schön finden, den die Liebmann mitgebracht hat, irgendwann wird es zu weinen anfangen und schlafen gehen.

Wer in diesem Haus schläft, schläft im rechten Winkel einer Hausecke nahe der Straßenbahn über einem Hof voller Katzen. Bei geöffnetem Fenster hört er Tiergeschrei und das Quietschen von Metall auf Metall, in Abständen füllen die Krachlawinen der Flugzeuge im Anflug auf Tegel das Zimmer. Andere Geräusche der Nacht kommen von Sirenen, Lastwagen, aneinanderknallenden Waggons auf dem Rangierbahnhof, Gesang.

Traum von zwei Tieren, die rennen oder fliegen.
Nur zwei Schultern erkannt, pelzig.

Im Geruch der eigenen Höhle die Kaffeemaschine aufs Gas setzen, duschen, Zähne putzen, Geschirr auf den Tisch stellen, runder Tisch mit Blümchendecke, hat nur eine Mark gekostet im Altwarenhandel, und keine Musik, Musik wolln wir nicht, nur frische Brötchen, die vorher im Froster lagen, die Mutter hat die gebacken, die gestern wieder abgefahren ist, mittags, weil abends die Züge zu voll sind, seit Oktober wird wieder geheizt, alles ist angewärmt in der Wohnung, man könnte auch nackt frühstücken, und draußen ist es immer noch nicht hell.
Die Liebmann sucht was zum Anziehen, wundert sich über ihr eigenes Zimmer, so ein riesiger Raum voll stiller Luft und paar braunen Möbeln, zwei Asternsträuße, einer gelb, einer rot, dunkelblau der Himmel vor den Fenstern. Hat also Blumen gekauft, das Kind. Sitzt zwei Straßen weiter in der Schule im Neonlicht, nur seine Katze hebt hier den Kopf, schlägt den Schwanz um das Hinterteil, wartet. Die Liebmann hat wieder was mit zwei Taschen angezogen, Hände reingesteckt, so guckt sie sich ihre Wohnung an. Süden ist da, wo die Straßenbahn quietscht, markiert durch den Kirchturm, die Richtung Wien, Marienbad. Das Streckennetz der Reichsbahn im Kursbuch hat sie schon nachgeschlagen und dann im Nachthemd am Fenster gestanden und zum Kirchturm geguckt.

Wunderbar langsam wird es heller, größer das Zimmer, die Wände weißer, jemand spielt Klavier.
Die Liebmann sucht in den Taschen ihres Kindes nach Zigaretten, findet welche, nimmt sich eine, setzt sich an den Tisch, raucht und sieht zu, wie die letzte Dunkelheit vergeht. Den hatte sie auch vergessen, den Tisch. Sind

ein paar Katzenhaare drauf und von den Sträußen der gelbe, in einem Glas, in dem die Stengel den Boden nicht ganz erreichen. Luftblasen dran, kleines Aquarium, wakkelt, wenn die nächste PANAM über Pankow fliegt. Je blasser das Blau vor den Fenstern wird, um so deutlicher kann man Windstöße erkennen, es regnet.

An diesem Tag bleibt die Liebmann zu Hause. Sie hantiert mit Lappen und Geräten in der Wohnung herum und denkt sich bei allen Gegenständen, die sie berührt, daß sie sie hierlassen wird, liegen lassen, dem Schicksal überlassen, das Gegenstände eben haben, zehn Jahre ist sie Stammgast im Altwarenhandel, wie es den Sachen ergeht, das weiß sie, und dem Papier noch viel schlimmer, noch liegts im Regal, unterm Tisch auch ein Haufen, es sind ganze Häuser im Grunde, auf Papier übertragen, die Einwohner von hundert Jahren, aus alten Adreßbüchern rausgesucht, die Namen, Berufe, die Jahreszahlen, Haus für Haus einer Straße – Karteikarten, Aktenauszüge, Papier, Krakel drauf, aus denen man auch noch entziffern könnte, was Leute der Liebmann erzählt haben, sind gestorben, inzwischen, die Leute, haben sich aus dem Staub gemacht, und jetzt will die Liebmann das auch, sich davonmachen, das ist ihr zu schwer, weiterschleppen, das Ganze, vielleicht geht es der Seele im Körper auch so, wenn der zusammenkracht. Bloß weg hier, denkt so eine Seele, raus hier, denkt die Liebmann und steht schließlich in der allerschönsten Ordnung in ihrer Wohnung herum, setzt sich ein bißchen an den Küchentisch, Sonne scheint in den Schrank mit dem Porzellan. Hat sie sich schon mal in einer Wohnung so wohl gefühlt wie in dieser hier, nein, hat sie nicht, nur hier ist es schön, hier will sie bleiben, also doch sterben, wenn sterben nicht das von vorhin ist, daß die Seele den Körper verläßt, irgendwie bin ich durcheinander, denkt die Liebmann, ich koch' mir noch einen Kaffee, und dann geh ich raus an die Luft.

Schminkt sich also, klemmt sich Ohrringe an mit geschliffenen Glassteinen und setzt die Füße aufs Pflaster, einen vor den anderen, ist alles ruhig draußen, alles wie immer, weitergehn, wohin eigentlich, einen Freund besuchen wir nach vier Wochen, einen, der immer alleine ist bei seiner Arbeit, im Keller, in Mitte, Berlin, einen Freund.

Alle Bleche und Scheiben der Straßenbahn scheppern am Ohr, wenn sie so Platz nimmt, am Fenster lehnt. Kann sein, daß das schön ist, gefällt, dieser Krach in der dröhnenden Karre, draußen Schleiflinien überall, Staub, Lastwagen ohne Farben, Reklamen, die uns begleiten, auch mal niedrige Autos dazwischen, Frauen am Steuer, langer Halt an der Wand Bahnhof Dimitroffstraße, Sandsteinquader verdunkeln die Straßenbahnfenster links, rechts die Kreuzung, Menschen gehn rüber, Kuttengrün, Lodengrün, Polizeigrün, Polizeiblau, Anorakblau, Wattejackenblau, Jeansblau bis Grau bis Schmutzfarbe Blau, wenn sie Fahrt kriegt, die Bahn, in der schleifenden Kurve, erhöht sich das Klappern zum Heulen manchmal, quietscht rechts rum, rein die Kastanienallee, wo es enger wird, dunkler, Putz platzt wie Rinde an den Fassaden, blüht, und an diesen Borken ebenso wie an den Einschußlöchern halten sich Dreckbatzen von vierzig Jahren, von fünfzig, von sechzig, das Trottoir wellt sich, Pflaster wechselt mit Pfützen und Erde, dicht an den Kellerfenstern wächst manchmal auch Gras, krachend und quietschend, die Klapperkiste fährt weiter, rechts, immer rechts, Invalidenberg runter. Irgendwann, wenn in den Querstraßen schon ab und zu ziemlich weit oben ein Kirchturm zu sehn ist, vergoldet, mit einer Kugel ganz oben, vergoldet, erscheint und verschwindet, steigt sie aus, in den Häuserreihen der Innenstadt, grau verputzt, nachgedunkelt, aber richtig schwarz nicht, schwarz wird es erst in der Erinnerung, soweit war sie gestern, soweit ist sie heute noch nicht, heute, jetzt, ist sie erst am Rosenthaler Platz, am Eichentor, an der Löwenklinke, im Hausflur und dann auf dem Hof, wo Licht brennt hinter einem Kellerfenster. Daran klopft sie und rennt in den Hausflur zurück, es klappern die Absätze auf den Fliesen, die Kellertür öffnet sich, kommt ein Mensch heraus, warm und die Haut am Hals weich, sie umarmen sich auf der Kellertreppe, und noch solange sie die Steintreppe runtersteigt, scheint der Männerrücken im Arbeitshemd der Liebmann warm zu sein, wärmend.

Höhle da unten, Lichtkegel von zwei Arbeitslampen. Im Schatten dahinter steht der Freund, steht krumm, zieht sich bessere Hosen an, ziemlich im Dunkeln, trotzdem kann sie die Tätowierungen auf seinen Beinen sehen – ein Frauengesicht und zwei Namen. Auf diese Weise trägt er auch ein Schwert unterm Hemd, umsonst hat er den blauen Punkt nicht im Gesicht, der Freund, der sich umzieht und dabei redet, denn es war wieder einer im Westen von seinen Bekannten, und danach ist es immer dasselbe, der Mann will weg, dabei will er gar nicht. Wie im Märchen. Das soll die Liebmann erklären. Ja, sagt die, wie im Märchen, und trinkt an dem Kaffee, den er ihr aufgebrüht hat, wärmt sich die Hände an dieser Tasse, kein Henkel, guckt in der Werkstatt herum. Es ist alles wie immer, die Schränke noch da, die der Freund repariert, das Kofferradio, Musik, sendet irgendein Echo am Mittag, die Drehbank, die Töpfe mit Leim, die Gasmaske an der Decke, die Ölbilder an der Wand, auf dem größten wächst eine Frau aus einem Blumentopf und verwelkt, hat das Gesicht seiner Freundin, hängt schon lange hier, ein Bild in der Verbannung, denkt sie, Verbannung, jetzt gehn sie was essen, die Liebmann und dieser Freund, der Möbelpolierer, nun in besseren Hosen, im Mantel, an dem sie sich festhält, draußen, weil es windig ist oder naß oder was.

Demnächst in diesem Theater wird es weiterregnen, denkt die Liebmann, ob wir nun dabei sind oder nicht, was gibts da noch zu besprechen, für diese Fälle verkaufen sie Bier und Hackepeterbrötchen am Rosenthaler Platz, von jedem zwei, dann ists vorbei mit den trüben Gedanken, jedenfalls will man das hoffen, denn auch Schweinefleisch ist nicht in unbegrenzter Menge vorhanden und muß reichen für alle.
Schöne Ohrringe hast du.
Gleich zieht die Liebmann einen runter und legt ihn dem Freund in eine Hand, und der tippt mit schwärzlichem Zeigefinger auf den größten der geschliffenen Steine, viereckig, blau, will wissen, ob sie jetzt wieder öfter kommt, ja, sagt sie, sieht dabei raus auf die Straße, wo eine Metallstange steht, eine gelbe Stange mit dem Schild HALTESTELLE, daneben ein Stuhl und noch andere Möbel. Es hat sich wohl jemand Küchenmöbel gekauft an der Ecke, im Altwarenhandel, steht alles im Regen, vergessen womöglich, jetzt stellt sich ein Mann vor das Fenster, streckt seine Zunge raus und beleckt den Rand eines Briefumschlages, klebt ihn zu, starrt dann rein in die Stube, will wissen, was hier gegessen wurde, während die beiden am Tisch sich gerade die Wörter »ausgeschlagene Augen« wiederholen. Ausgeschlagene Augen.

Die Skins haben Augen ausgeschlagen und sind auf Köpfen rumgetrampelt, marschieren ganz offen in Viererreihen, Polizei guckt zu, guckt zu, die Liebmann guckt weg, dann sieht sie den Freund plötzlich an – was will er ihr eigentlich sagen?
Aber der kneift die Augen zusammen, klimpert an den Glitzersteinen rum, sagt nichts mehr, der Freund, der pfeift vor sich hin, reißt sich los von dem Zeug, klemmt ihr mit beiden Händen den Clip an das Ohr, und dann gehen sie und trennen sich Kreuzung Ackerstraße bei Grün.
Laufen, sagt die Liebmann, sie will weiterlaufen, schwenkt links über die Wilhelm-Pieck-Straße, dann geradeaus bis zum Krankenhaus, Backsteinbau, rot. Gegenüber das Eckhaus steht da wie ein Schiff, spitze Ecke, die Scheiben geputzt, und jetzt ist die Kirche mit der Goldkugel schon sehr nahe, das schwarze Gitter, das hohe, sie läuft, läuft, freier Wille ist das nicht, nur Gewohnheit, so wohnlich ist es ihr hier mal gewesen, daß sie viel zu oft hier langgegangen ist, viel zu vielen versprochen hat, daß sie das schreibt, ein Buch über diese Straße, wie alt die ist, und was hier so nebeneinander steht, Kirche, Friedhof und Krankenhaus, jüdisch, preußisch, katholisch, gar nicht hochgucken, dann trifft man auch keinen, das klappt soweit, nur am bunten Cafe hebt sie schnell mal den Kopf, kann reinsehn, weil Licht drinnen brennt, sieht den Tischlerkopf, struppig, am Stammtisch, kann Eva erkennen, wie die ein Tablett durch die Zimmer trägt, ist also noch im Osten, die Eva, muß immer noch auf ihre Ausreise warten, sieht, wie dicht Leute vorne im Gang stehn, sind mal wieder alle zusammengeströmt aus Kirche und Krankenhaus, Turnhalle, nur vom Friedhof

gegenüber dürfte keiner dabeisein, außer ich, denkt die Liebmann und fühlt sich wie ein Geist, der um die Ecken düst, gleich rechts rein die Oranienburger, aber da wechselt einer auf die andere Straßenseite, der sie nicht sehen will, dieser junge Mann, ist das Georg, kann der das sein, aber dem ist vielleicht bloß kalt am Kopf, wenn der Wind ihm die Haare so von der Rübe wegweht, da hält er sie eben schief, sehr schief, sehr komisch, denkt die Liebmann, denkt immer noch dran, wenn sie schon in der Straßenbahn sitzt und über die Weidendammer Brücke fährt, Blick auf den Bahnhof Friedrichstraße, ein Anblick, den sie vorige Woche in Wien diesem Mann geschenkt hat, als Foto. Gerade bei diesem Foto hat es Gong gemacht, Sehnsuchtsgong, vorige Woche, und jetzt kommt gar nichts.

Schwarz und verglast steht der Bahnhof da, über das Wasser gebaut, das schwarz ist, grau dagegen die Ufer aus Stein, das wars, kein Gefühl, nur, daß hier irgendwo marschiert wird, dieses Gefühl kommt ziemlich stark und geht nicht mehr weg, dabei sind die Straßen leer, nur ein Junge mit Kopfhörern sitzt ihr gegenüber, jetzt marschieren sie schon in meinem Kopf, denkt die Liebmann und dreht sich nach allen Seiten um, rechts und links leere Straßen im Regen, es marschiert, gleich müssen sie vorkommen, kommt keiner, und doch marschiert es, bum, bum, bum, ganz hier in der Nähe, aus dem Kopfhörer kommt das. Die Liebmann zieht Papier aus der Tasche und schreibt das auf, der Junge mit den Kopfhörern sieht ihr dabei zu, und das schreibt sie auch auf: Wir fahren mit Marschmusik in die Invalidenstraße ein.

Was kommt, sind ganze Tage, halbe Tage, November. Es ist wieder üblich, auf die Straße zu spucken, was zwei Beine hat, latscht durch, die Tauben langsamer als die Menschen, Krähen auch und Möwen selten, diese beiden Arten treffen sich an der Grenze, wo es schön ruhig ist, Erde bemoost, vermutlich auch bespuckt, und starren vor sich hin. Und das tun die Uniformträger in ihrem Blickfeld auch. Sie wechseln das Standbein und starren vor sich hin. Raus hier.

Mama. Eine Schattenfigur beugt sich über das Bett, der helle Fleck ist das Gesicht, beugt sich nah herunter über den Haufen Decken, was Lebendiges suchen, liegt beinah drauf auf dem weichen Huckel, aber kaum schiebt ein Arm sich darunter hervor, sitzt die kleine Figur schon wieder gerade, nur die Haare schwingen noch um den Hals. Mama. Du mußt doch unterschreiben.
Wenn ein zweiter Arm sich unter der Decke hervorschiebt und der Körper sich erhebt und geradezuhalten versucht, ist er wieder allein im Zimmer, nur die Glasscheibe in der Tür sieht gelb aus, also ist Licht im Flur. In der Küche sitzt die Tochter am Tisch, Verkleinerung einer Frau, Tasse in der Hand, Fingernägel rot wie die Lippen am Porzellan, die Augen darüber ungeschminkt, Augen, fast bis zu den Schläfen, so lang sind die Schlitze, reicht vollkommen aus, ein Blick, um die Richtung zu zeigen, in der ein Schulheft liegt, zwischen Brot und Radio, drei Seiten mit Zahlen bedeckt, was ist das, keine Antwort, doch: Scheiße, sagt das Kind im Vorbeigehn und beginnt, sich im Flur die Haare zu bürsten, Kopf nach unten, schlägt sie mit Schwung wieder hoch, der Körper im Nachthemd lehnt an der Wand und glaubt, seiner eigenen Mutter zuzusehn, ihrem geheimen Muster, Spangen im Haar zu versenken, denkt dabei, daß der Pullover aus Wien gut auf den kleinen Schultern liegt, paßt an den Handgelenken und, weil er grün ist, wiederum auch zu den roten Fingernägeln, mit denen jetzt noch Strähnen aus der Frisur gezogen werden und vor dem Gesicht verteilt, eine nach der anderen, mit der größten Anspannung, Mama.
Wie findest du das, sagt der verschlafene Körper, gestern ist Georg vor mir über die Straße gegangen und hat sich

weggedreht, kann das sein? – Na klar, sagt der Mund vor dem Spiegel, aber ohne die Lippen dabei zu bewegen, Zombie. In dem Kopf überm Nachthemd faltet sich ein Bild auf, zwei Personen über Teller gebeugt, Georg und dieses Kind, essend, blond und schwarz die Haare, die jeweils über die Teller hängen und in Abständen zur Seite geschüttelt werden, jedesmal mit Blick auf den anderen. Der Blonde will danach gehen, spricht beim Überziehen seines Anoraks von Magenschmerzen oder so ähnlich. Warum Zombie? – Keine Antwort bis die letzte Strähne fertig ist, die hängen bis zu den Lippen runter, mit Gelee versteift, zuletzt Metallringe in die Ohren, Gürtel um die Hüfte, Stiefel an, steht grade, der Mensch, gerader gehts nicht, tanzt los und singt dabei. Haa – haa, haa – haa, ein Gespenst, ein Gespenst, haa – ha, schaa – ba, haa – ha, schaa – ba! Jacke rüber, Tasche hoch, die Hand an der Türklinke, fällt ihr noch was ein: Sackratte!
Lachen im Treppenhaus, Trittgeräusche abwärts, aus. Eine Spur von Brotkrümeln zeigt die Plätze, an denen sie sich aufgehalten hat. Alles, was sie morgens benutzt, räumt sie weg, die Krümel nie.

Warum Zombie, denkt die Liebmann und kramt dabei in dem Froster nach der Plastiktüte mit den Brötchen. Es ist wahr, einmal, vor langer Zeit, sieht sie Georg die Friedrichstraße langgehen wie einen von der Straßenbahn. Nur die vertreten sich so unpassend die Beine auf dem Pflaster, gleichgültig und in fremden Kleidern, grau, schlecht geschnitten, Dienstkleidung, Dienerkleidung. Wie er näher kommt und sie erkennt, geht er noch schlenkriger, sie faßt ihn am Anorak, fragt, ob er wirklich seine eigenen Kleider am Leibe trägt, und er wird böse. Du spinnst, sagt er.

Zombie. Die Liebmann kennt ihn seit 1984, aus der Friedrichstraße, aus dem Cafe Praha. Draußen fällt Schnee in Pfützen, drinnen vertrinken Rentner ihr Gnadenbrot, Regisseur Schröder, der arbeitslose, winkt und rückt ihr einen Stuhl zurecht – Neunzehnhundertvierundachtzig – wird hier im Vormittagslicht des Januar übers Kognakglas gesprochen, die bewußte Jahreszahl, Irina, flüstert der alte, Irina! bekippt sich die Finger mit Schnaps, wischt sie an der Hose ab, der besonders blasse Junge neben ihm kramt in der Hosentasche nach Kleingeld und sieht die Liebmann dabei an. Prost, sagt die, und er schlägt die Haare vor den Augen zurück. Damit ich dich besser sehen kann. O wie grau. Regenwolken. Und wenn er jetzt aus der anderen Tasche eine Zigarette zieht, in den Mund steckt und anzündet, ziehen wiederum Wolken daran vorbei. Ist aber schon aufgestanden, der Typ, hats eilig, läßt eine Handvoll Geldstücke auf der Tischdecke liegen, muß ins Theater. Zu diesem Zeitpunkt hat die Liebmann drei Theaterstücke geschrieben und niemandem gezeigt. Auch heute, November 1987, beim Kau-

en der aufgewärmten Brötchen, kann sie das Gefühl wieder herstellen, das Georg an dem Tag bei ihr hinterläßt, aber kein Wort dafür finden. Weiß und leicht irgendwie, dabei ist er doch rot geworden, als sie miteinander sprachen, rot, nicht weiß.
Zombie, oh Zombie, sagt die Liebmann in ihrer Küche laut, ein Gespenst geht um in Europa, und denkt, Georg wäre durchaus zu vernachlässigen, wenn man wüßte, wie die Sache weitergeht.
Jetzt, wo sie raus will, seit zwei Tagen. Raus hier.

Raus hier, denkt die Liebmann, wenn du rauswillst, mach dir einen Plan, wenn du wegwillst, sind die Wege bekannt, und steht wieder vor diesem Regal voller Zettel und dem Haufen Papier unterm Tisch.
Kann sein, daß ihr einmal, als sie so davorstand, eingefallen ist, ein Theater zu gründen, mit Georg zusammen?
Auch da schon ans Abhauen gedacht, denkt die Liebmann und würde sich gerne verabschieden von der Mulage, der Straße im Schrank hier, so gerne begraben, wegschmeißen das Zeug, vom ersten Zettel an, den sie beschrieben hat, in einem Sommer, wo alle Türen offenstehen, Leute lächeln an Fenstern, Mauern strahlen Wärme ab, jeder Müllhaufen bietet noch Fotos an, und wenn sie eins aufhebt, ist ein Offizier drauf zu sehen, mit einer Frau im Arm oder bei einer Familienfeier mit mehreren Leuten oder alleine, meistens so was, und wenn sie den Hauseingang nicht gleich erkennen kann, vor dem die sich fotografieren ließen, dann nur, weil sie direkt davorsteht, Wiedersehn macht Freude. Die kann sie gleich wieder haben, liegt alles hier auf dem Haufen. Anzünden.

Arbeiten. Abwaschen ist auch Arbeit, denkt die Liebmann und tut das.

Geht einkaufen, das erste Mal wieder im Osten, in der Halle riecht es nach faulen Kartoffeln, wie eingeschläfert stehen Menschen in Reihen hinter den Kassen, warten und schweigen im Kartoffelgestank.
An der Hauptstraße schrauben Männer Blechstreifen mit aufgeschweißten Glühlampenfassungen an jede zweite Laterne, Weihnachtsschmuck, einer muß immer die Leiter festhalten, schräger Regen fällt wie Nebel, es wird schon wieder dunkel. Raus hier.

Raus hier, denkt sie beim Pflastertreten, beim Treppensteigen, beim Kartoffelschälen, was machen wir bloß, was machen wir bloß, und nur mit der Tochter, die, den Kopf auf den Arm gestützt, ißt, und die Lehrer dabei Säue und Dreckschweine nennt, kann sie reden, kommt aber nicht weit. Wozu werden die Lehrer, sagt das Kind, wir wollen die Lehrer nicht verstehen, und wo es so etwas überhaupt gäbe. Sie lächelt und sagt: Klassenkampf, wie der Erfinder persönlich, hört nicht auf zu grinsen, wenn die Liebmann erklärt, wie das Wort zu verstehen ist, ja, genauso hätten sie es ihnen beigebracht, und genauso meint sie es auch. Immerhin ist die Morgenschminke runter von der Haut, sieben Stunden Neonlicht mit Gebrüll sind drübergegangen, übermüdet, denkt die Liebmann, übermüdet, und sagt: Meine Liebe. Wollen wir irgendwas Schönes machen?
Was denn, sagt das Kind.

Und statt nun mit einem Einfall rauszurücken, öffnet die Mutter den Mund eine Zeitlang nicht mehr und zuckt dann auch noch mit den Schultern. Zwei Stunden später geht die eine tanzen, die andere in das Cafe, an dem sie gestern so schnell vorbeilief.

DAS BUNTE CAFE

Das bunte Cafe belegt die untere Etage eines Mietshauses, achtzig Jahre alt, gegenüber ist mal was abgebrannt, später kam eine Turnhalle hin, von dort guckt schon lange keiner mehr dem Cafe in die Fenster, die sind mit Gardinen verhängt, meistens brennt Licht dahinter, und auch vor den Gardinen stehen Lämpchen auf den Fensterbrettern, mal wegen Weihnachten, mal, um das Schild mit den Öffnungszeiten zu beleuchten. Zwei Zimmer hat das Cafe, niedrig, funzlig und mit Musik.
Tür auf, alle Kognaktrinker an der Bar glotzen dich an, die Frauen dahinter wischen immerzu Gläser aus, nicken und grüßen wie geträumt.
Tag.Tag.Tag. Jetzt bist du drin. Im ersten Zimmer, im zweiten Zimmer, mal sehen, wieviel Ahnungslose gerade hier sind, wie viele aus dem Krankenhaus kurz mal runter sind, raus, und wer von den Echten heute kommt, die hier am Bein nach unten gezogen werden. Ist ein Jahr her, daß sie da war, was spielt die Musik, nein, sie kann sich gar nichts raushören, ist nur so eine allgemeine, süße Musik hier drin, und die Liebmann will einfach ein Gast sein, ist zum ersten Mal richtiger Kunde. Hat lange gedauert.

Den ersten Sekt bestellt sie selber, ist noch allein am Stammtisch, mit freiem Blick auf das Nebenzimmer, auf einen Tisch, der gerade frei ist. Solange sie neu war und zum Arbeiten herkam, Material sammeln in dieser Straße, hat sie dort gesessen, mit einem Fotografen, den sie längst begraben haben.
Wir haben ihn begraben, muß es heißen.
Der Tisch ist frei, da drüben. Wie auf allen Tischen liegt ein rundgeschnittenes Spitzendeckchen drauf, aus brauner Wäschespitze, geglättet von einer Glasplatte, und die rutscht. Die alte Frau am Tisch daneben schiebt ihre Glasplatte mit einem Finger hin und her, vielleicht merkt die das gar nicht, wartet auf jemanden, hat gerade bestellt, gerade hat Karin mit ihr gesprochen, die Chefin, dreht sich nun weg, geht an dem leeren Tisch vorbei.
Säße der Fotograf da drüben, würde man sich wieder wundern, was der Mann für dichtes Haar hat, einen richtigen Schopf, aber falsch abgeschnitten, zu gerade über dem Kragen, da wirkt der Hals so dünn, oder hatte der so einen dünnen Hals, denkt die Liebmann und weiß es nicht. Weiß dagegen, daß Freunde von ihm in seiner leeren Wohnung nach Fotos für eine Ausstellung suchten und ihnen lauter Bilder entgegenrutschten, als sie die Schränke öffneten, wie Wasser, hat einer gesagt, eine Flut von Papier, dieser Schreck.
Fotos lagen auch dort auf dem Tisch, Bilder von Häusern, Fenstern, Toreinfahrten, da mußten dann auch noch zwei Kännchen Kaffee Platz haben, Tassen und die Schnäpse, die der Gemüsehändler manchmal rüberschickte, wenn er an der Bar saß – ein Prost auf das, was wir lieben und was uns weggelaufen ist oder umgekehrt, ein Auto hat den Fotografen überfahren, in der Stadt, in

die er seiner Frau immerzu nachgereist ist, deswegen denkt man immer, er sei vor ihrem Haus gestorben, denkt die Liebmann und bestellt den zweiten Sekt, diesmal für zwei, denn da kommt Kalle, die Krankenschwester, freut sich, wo warst du denn so lange, einen Platz müssen wir gleich mal freihalten für die Apothekerin, die ist neu hier, wenn die Liebmann was braucht in der Richtung, gleich aufschreiben, da kommt sie schon, lange Locken und ein Jackett vom Maßschneider locker über die Schulter gehängt,ihr haben sie wieder mal das Portemonnaie geklaut, klauen sie ihr immer, ob das bestimmte Leute sind, das fragt sie sich langsam, oder ist es das Schicksal, denn der Mutter ist es genauso gegangen und übrigens, den Freund ist sie auch gerade losgeworden, was sagt ihr nun, holt eine Handvoll Kleingeld aus der Jackettasche, streuts auf den Tisch, will auch Sekt trinken. Karin trägt volle Tabletts vorbei, die ist ganz schön gelb im Gesicht, trägt volle Tabletts heran, ihr denkt wohl, euch sieht keiner beim Rezepteschreiben, ihr werdet euch wundern, sagt sie beim Eingießen. Doch, uns sieht einer, denkt die Liebmann und freut sich, Manne ist reingekommen, Manne Schubert, Hans im Glück, immer lustig, immer froh, nur wenn er betrunken ist, dann rennt er weg und schließt sich ein in seinem Büro nebenan, aber jetzt kommt er erst mal näher, Hallo Manne. Steht schon hinter Karin, dicker ist er geworden, die macht früher Schluß heute, die Karin, muß zum Tierarzt mit ihrem Pudel. – Kann Kalle dir nicht helfen, sagt da Manne von hinten zu ihr, dabei hat er die Liebmann ja auch schon gesehn, und der Hund ist ihm so was von egal, – und du, Irina, soll das heißen, das Buch ist fertig? – Na, das hat gedauert, und mit der gleichen Zeitverzögerung fragt Karin jetzt, was er sich dabei denkt, Kalle an ihren Hund ranzulassen, soll auch nicht ewig den Durchgang versperren, worauf Manne sich neben die Liebmann an den Stammtisch drängelt, wenn du nicht fertig bist, warum biste denn nicht gekommen, oder haste einen neuen Freund, gib mal die Hand her, so kalt, ach so warm, richtige Patschhände hat Manne und den Arm um ihre Schulter gelegt, jetzt stößt sie nicht mehr mit dem Kopf an die Wand, und wegrennen kann sie auch nicht, aber wer will denn weg, wir interessieren uns jetzt nur für den roten Fleck auf seiner Pfote, rechts oben, wo kommt denn das her? Ist von Geburt, Irina, früher hab ich mich geschämt dafür, aber jetzt ist es vergangen. Du brauchst dich doch nicht zu schämen, mach ich auch nicht, trinkste nur Sekt heute, nein, einen Braunen trinkt sie auch auf das Wiedersehen, und ein Küßchen auf den warmen Dicken, und wo war sie nun überall, und was hat sie davon? Die rotgefleckte Hand hat er zur Faust geballt, die allerdings den Tisch nicht erreicht, nur Liebmanns rechte Brust, da erscheint ein nobler Gast. Lang ist sein schwarzer Mantel und hell der Schädel, Eddi Wachsmann wird er hier genannt und hat keine Eile. Wartet auf Kaffee an der Bar, kommt dann langsam heran, von Tisch zu Tisch, mit der Tasse in der Hand, während Manne redet. Ich bin immer hier, sagt Manne. Kleiner Kreis, ja, kleiner Kreis, der kleine Kreis isset! Die Heimat! Und wenn du ehrlich bist, nein, will sie nicht, kann er verstehn, weil er alles versteht, sogar im Westen ist er gewesen, in diesem Jahr, hörst du, Irina, ich auch, ich könnte dir viel erzählen, und warum sitz ich hier?

– Weil du doof bist. Das war Wachsmann, jetzt ist er da, mit seiner Tasse schwarzen Kaffee, alles Bessere muß

Manne bezahlen, dafür muß er sich auch was gefallen lassen. Fertig bist du, Wachsmann, sagt Manne. Nicht mehr wie du, ist die Antwort, und wenn der Maßanzug auch schlottert um den Hals, Wachsmann grinst und grinst. – Was lachst du, Wachsmann, du bist fertig, fertig bist du, zusammen mit deiner Frau. – Wenn du mal eine hättest, sagt Wachsmann, und daß er auch einen Braunen trinkt, wenn es sein muß.

Und es kommen die Braunen doppelt und dreifach, meinen Segen habt ihr, sagt Wachsmann, ich bin bald weg. – Wie lange wartest du auf die Ausreise, Wachsmann? – Und wenn er zehn Jahre warten müßte, sagt der, rüber muß er. Heute nicht, sagt Manne, nicht wieder damit anfangen, nicht heute, heute ist Manne dran mit reden, es ist viel zu erzählen vom letzten Jahr, einen Enkel hat er, und in seinem Kirchenverein ist er im Vorstand, weil ja sein könnte, daß sich doch was ändert im Osten, wir werden noch auf der Mauer tanzen, wir alle! – O Schubert, sagt Wachsmann, Ilja Muromez auf der Rolle, Manne will die Toten befreien. – Der ist zu dämlich, wie lange wartest du auf die Ausreise, Wachsmann, zwei Jahre? – Zehn würde er auch warten, sagt Wachsmann, mit fuffzig würde er noch beantragen, und wenn Manne hundertmal wieder zurückkommt aus Westberlin, weil ihn seine Tante in Friedenau nur den Hund ausführen läßt, haha! – hat Manne nun doch verloren, befreit seinen rechten Arm, muß die Tischplatte wieder erreichen, und jetzt kommt der Enkel noch mal zur Sprache, und die Kinderchen, – Menschenskind, der schnallt's nicht, und die Liebmann schon gar nicht, die werden hier anwachsen und verschimmeln, aber nur wenn ihr Glück habt, viel

Glück, das wert ihr brauchen! Was hat der Gevatter vom Glück zu reden, denkt die Liebmann und sieht zum Fenster, dunkel ist es draußen, nur mit geschärfter Pupille sieht man Leute vorbeilaufen, aber kann das sein, daß die es so eilig haben, warum rennen die so, und die weibliche Kalle sitzt gar nicht mehr da, und die Apothekerin ist auch weg, sind die da eben vorbeigerannt, draußen?
Haben ganz andere Leute am Stammtisch Platz genommen, nur Manne ist noch derselbe, mächtige Worte schleudert sein Kognakatem jetzt an ihr Ohr, denn die letzte Wahrheit ist: Ich kann nicht weg. Ich kann nicht! Wenn Wachsmann es nicht versteht – Irina! Und die nickt auch und denkt das schöne Wort vor sich hin: Können.
Manne geht pinkeln, und Wachsmann ist aufgestanden. Wird nüscht mehr mit Manne, sagt er, der hat viel zu ville Angst. Wovor hab ich Angst, fragt Manne hinter der Garderobe, die quer in den Raum steht, um den Stammtisch von der Toilettentür zu trennen, er steht hinter dem Kunstschmiedegitter und schiebt auch noch zwei Wintermäntel auseinander, um sich den einzig wirklich Emanzipierten hier am Tische zu nennen, vorausgesetzt, Wachsmann setzt sich wieder hin, der tuts aber nicht, sondern fragt nach Eva. Wo ist eigentlich Eva? – Na die wartet auf mich nebenan im Büro, sagt Manne, läßt die Wintermäntel fallen und ist nicht mehr zu sehen.
Mit gänzlich Fremden sitzt die Liebmann nun am Tisch und sieht wieder zum Fenster, so lange, bis sie versteht, was da so merkwürdig ist: Die laufen alle in eine Richtung, die Menschen. Das will sie Wachsmann sagen, der im Gang steht, aber aus irgendeinem Grund sagt sie: Ich

komme mit. Und es stellt sich heraus, daß Manne schon bezahlt hat, der ist weg, Irina, den siehste morgen erst wieder. Also geht die Liebmann allein neben dem Mann im langen Mantel raus in die Nacht, wo die Straße so dunkelt ist, nur das Neonlicht in Mannes Büro brennt, brennt, solange ich lebe, hat er mal gesagt, auf dem Judenfriedhof gegenüber stehen die Krüppelfiguren aus Bronze alle still, und die ganze Straße ist leer, wenn sie aus dem Cafe treten, die Kirchenlaternen im Rücken, in diesiger Luft, im Geräusch der eigenen Schritte laufen, geradeaus und links rein, wo es ganz finster wird, weiter zum Hackeschen Markt, Lichtschein am Himmel, Straßenbahnen kreischen. Komm schneller.

Dezember. Täglich grauer Himmel und Regen. An den Laternen hängen jetzt Stahlbänder mit Glühlampen drauf, mal in Form von Davidssternen, mal als Kreise oder Tannenbäume. So eine Verschwendung, sagt die Tochter beim Vorbeifahren in der Straßenbahn, dabei sind jetzt am Kudamm breite Bänder gespannt, die in Mustern leuchten, statt einzelner Strippen, und wenn die Tochter die Bilder im Fernsehen sieht, sagt sie: Oooh.
Die Liebmann denkt nicht mehr: raus hier. Sie denkt, irgendwie muß man Pläne machen, nachdenken, kaufen, verkaufen, Geld verdienen und irgendwie weggehen.
Es hätte längst schneien müssen, Frost brauchen wir, rote Backen, ruhigen Schlaf, aber nachts klingelt das Telefon, klingelt Alarm im Zimmer, wo sie in einer Ecke liegt, aufstehen muß, hingehen, anfassen, diesen kreischenden Würfel, es könnte der Mann aus Wien sein, der anruft, die Stimme, auf die sie wartet, und die ist es auch jedesmal, sagt, wo sie sich befindet, meistens am Schneidetisch, darum auch die späte Stunde, wofür die sich entschuldigt, was ja nicht nötig ist, nur fährt der Liebmann der Schreck jedesmal in die Knochen, nachts um drei, und das Fenster steht offen. Gänsehaut wächst auf den zusammengeklemmten Beinen, während sie was aus Zürich hört oder Wien oder Stuttgart, wo es gerade regnet oder so und mit dem Film, den die Stimme herstellt, vorwärts geht, hervorragend steht es, nur das eine paßt da nicht rein, jedenfalls wird man sich wohl erst Weihnachten sehen oder danach, oder schläft sie bereits wieder am Telefon oder hört nicht hin, weil sie mit einer Hand immer einen Fuß wärmt und mit den Augen den Flugzeugen zusieht, roten, grünen Lichtern im Tiefflug beinahe ins Fenster, für Weihnachten wird ja überall Reklame gemacht.

Sehen wir uns Weihnachten, vorher wird er sie noch sprechen. Er spricht mich, denkt die Liebmann, ist immer erst wach, wenn es still ist im Hörer, und hat dann Gelegenheit, das Telefon in ungewöhnlichem Licht auf dem Sofa zu sehn, im Mondlicht nämlich, mit den Gefühlen eines Süchtigen oder Häftlings oder süchtigen Häftlings, der immer gehorcht, in die Kälte springt, wenns im Dunkeln klingelt, und dann redet, so freundlich. Hat der nicht eben einen Besuch abgesagt? Aber andersrum gehts nicht, sogar wenn er sie einladen würde, sie dürfte nicht raus.

Morgens ist wieder Dezember, Regen, grauer Himmel. Aber je länger Dezember ist, um so mehr verändert sich was. Jeder denkt, daß alle es spüren, das denkt jedenfalls die Liebmann. Es sind zu viele, die ihren eigenen Schuhen beim Pflastertreten zugucken, die keinen mehr ansehen auf der Straße und den Kopf auch nicht heben wegen Autos links oder Fassaden rechts von ihrem Körper, und das alles hat jetzt etwas Ärmliches, es hat, wenn man will, was Erbärmliches, was ist nur, warum sehen die aus wie Verlierer, Verliererkörper, haben die etwas verloren?

Das Jahr geht zu Ende, die Liebmann ist nicht die einzige, die im Westen war, drei Millionen sollen gefahren sein, sind alle wiedergekommen, beinahe alle, mit neu gekauften Taschen in jeder Hand, und noch eine um die Brust gehängt und eine auf den Rücken, so kommen manche aus dem Bahnhof Friedrichstraße gekeucht, mit glasigen Augen, rein in die Taxe und weg, die sieht man nicht wieder, jedenfalls nicht die Person, die Augen schon, Glasaugen mit Sprung, Weggucken ist besser.

Im Dezember haben die Zeitungen zum ersten Mal auch einen Sprung. Auf der Lokalseite ist was gerissen. Es ist die Meldung über Faschisten auf einmal, bei uns, und das gab es noch nie, erst heißen sie Rowdys, dann Skinheads, zweimal genannt und zweimal verurteilt, aber es steht nicht wie sonst in der Reihe, es stimmt was nicht mit den Strafen und Wörtern, es sind auch die Überschriften zu groß für die Meldung, und zu kurz das Ganze für einen Artikel und am falschen Platz – was war das?
Wer geübt ist, Zeitungen zu lesen, hat es gesehen, aber es ist schnell wieder verschwunden, und Weihnachten steht vor der Tür. Es kommt der Tag, an dem viele Menschen Netze mit Apfelsinen durch die Stadt tragen, in den Hauptstraßen steht neben jeder Ladentür eine Fichte, lauter abgehackte Bäume, an denen man vorbeigeht, und die bleiben zurück, neben Papierkörben an Hauswände gelehnt, ungeschmückt und zottlig im Wind.

Wenn Manne abends verschwindet, ist er morgens wieder da, bis mittags ist er garantiert nüchtern als Chef. Wenn die Liebmann in dieser Zeit kommt, läßt er Gabi, der Sekretärin, diverse Schlüsselbunde auf dem Schreibtisch liegen, geht untergehakt mit der Liebmann zur Werkstatt hinaus und ins bunte Cafe, wo er Essen bestellt und die Schnäpse, die dazugehören, guckt zufrieden in der Runde herum.
Fünfhundert Meter nördlich vom Cafe ist das Fenster der Kellerwerkstatt jetzt meistens dunkel, aber man trifft sich zufällig, so groß ist der Osten ja nicht. Versteckst du dich jetzt woanders? Ach wo, sagt der Freund, du hast bloß Pech gehabt.
Von Georg hört sie gar nichts.

Georg mit der zarten Stimme ist verschwunden, weggepustet, das Herz vom Winterwind, der ist aber warm, dieses Jahr, direkt föhnig, könnte man sagen. Man könnte auf seltsame Gedanken kommen in diesem Dezember, denn vor einem halben Jahr hatte es Telefongespräche gegeben, Spaziergänge, Autofahrten, endlos, die Fahrten, vor einem halben Jahr wollten sie ein Theater gründen, sie hatte den Einfall, und er nannte die Namen.
So hat sie Johannes kennengelernt. In Georgs Stammcafe in der Friedrichstraße saß Johannes auf einem Stuhl, saß krumm, rauchte, er trug eine Stoffjacke, schwarz, war gerade aus seinem Theater gekommen, dem Deutschen. Die Liebmann dachte, der würde niemals was essen, dabei kochte ihm seine Frau täglich Mittag, das sagte er später, und daß er in ihrer Nähe wohnt. Sie stiegen dann Friedrichstraße, Ecke Oranienburger in die Straßenbahn, die ganze Fahrt über kreischten die Räder so in den Schienen, daß sie sich selber nicht hören konnten, andauernd läutete eine Klingel, sie schrien, sie brüllten, verstanden kein Wort.
Die anderen, die Georg genannt hatte, traf sie auch, sie trafen sich alle, zum Plänemachen, und als es ernst wurde, kam nur Johannes. Johannes kam, er hatte schon den Entwurf in der Tasche für einen entscheidenden Brief an das Ministerium und der Tochter was mitgebracht, einen schönen Apfel, Johannes kam, trank Kaffee, aß Kuchen, und dann gingen sie durch den Park, als das klar war, daß sie die einzigen blieben. Ein halbes Jahr Arbeit umsonst – ein Theater mehr oder weniger, die Welt wäre es nicht gewesen, die Zeit war vorbei, in der sie gedacht hatten, es wird sich im Osten was ändern, aber Georg. Sie hatte den Einfall, und er nannte die Namen. Das denkt sie

jedesmal, wenn sie mit der Straßenbahn aus der Friedrichstraße in die Oranienburger einbiegt. Sie hatte den Einfall, und er nannte die Namen, und sie sind alle nicht gekommen.

Die Oranienburger Straße im Dezember ist ein Bild im Regen.

Dunkle Berliner Häuser, denen der Putz abfällt auf das nasse Pflaster, das schief und hucklig die Erde bedeckt, wenn da Erde drunter ist, was man bezweifeln könnte. Fußgänger, gebeugte Gestalten, wie die brav ihre Füße draufsetzen, in eine bestimmte Richtung gehen, den Mund dabei halten im Dezember, und so langsam die Straßenbahn, wie sie in den Gleisen ruckt, und beinahe in Zeitlupe die Gruppe der Wartenden, wie sie auf dem Pflaster vorrückt, der Bahn entgegen an der Haltestelle. Warum sollen die sich denn bücken und Steine aufheben, die Hände schmutzig machen, nur weil die bröckeln, fallen, aus dem Pflaster ruckeln, überall auf sich aufmerksam machen, die Steine, und anders wird das nicht mehr werden.

Ein Kindergarten fährt mit, so weiche Profile, gucken in den Regen draußen, sind still dabei, nur die kommandierende Tante reißt auf einmal den Mund auf, ruft: Jetzt raus, gleich rüber, hopp, hopp, hopp und anstellen! Fügen sich alle, so gut sie können: Hopp, hopp, hopp und stellen sich an auf dem Bürgersteig, die Fusselköpfe, die lassen wir hinter uns, in der Oranienburger, zwischen Friedrichstraße und Hackeschem Markt, zwischen zwei Kneipen an den beiden Enden dieses Kilometers – in die eine geht Manne nicht rein, in die andere Georg. Die kennen sich nicht, und sitzen doch beide im gleichen, ausgesucht dunkelgelben Lampenlicht, wo es das Stück Fleisch noch mit leiser Musik und Kartoffeln gibt, was eine Seltenheit geworden ist in der Gegend. Die haben die richtige Kneipe gefunden, jeder seine, und eine reicht für einen Mann, während wir ja die Leute sind, die die Männer suchen, und wenn wir sie finden, dann fragen sie uns nach Geld für Schnaps und Zigaretten in der Friedrichstraße oder bieten uns beides an bis zum Schlechtwerden in dem bunten Cafe, aber sie sehen uns ungern in die Augen aus verschiedenen Gründen, wofür wiederum viel gelacht wird, mit Kognak im Mund und in der Kehle, im Osten von Berlin steht die Mitte auf Kognak, und so schnell geht die nicht unter, grade hier, in der Oranienburger, und rechts und links davon hält sie eine Menge aus.

Die Liebmann fährt durch die Oranienburger, am Straßenrand nähert sich deutlicher, größer, ein Gitter, um einen Eingang herumgebaut, der nach unten führt, und dort ist er vermauert, liegt Dreck und Papier auf den Stufen, es soll hier ein S-Bahnhof unter der Erde sein, den hat sie noch niemals gesehen, kennt sie nicht, dafür kennt sie das Auto da vorne an der Ecke Tucholskystraße Georgs hellblaues Auto, zwischen acht und fünf parkt es hier im Dezember, und das ist kein Grund mehr, hier auszusteigen. Hätten wir Musik in der Bahn und ein schnelleres Tempo, käme Träumerei nicht auf, aber die Straßenbahn ist alt, klapprige Technik macht vergangene Zeiten vor, und die Liebmann bleibt hängen in Gedanken, denkt an Georgs Lippen, wie sie die Zigarette festhalten, wenn er beide Hände frei haben will und dabei lacht, an

einen Abend, an dem er von sich erzählt, seinen Eltern und nach ihren fragt, nach ihrem Vater, ob er von dem mal was lesen könnte.
Gefallen hat er mir schon sehr, denkt sie, und daß es vielleicht nicht richtig war, die Liebe auszulassen bei der Sache, manchmal ist so was nicht richtig, aus unbekannten Gründen, die vernünftigen hat sie jedenfalls befolgt, wenn auch zu spät, nutzt wenig, an einem leeren Auto grußlos vorbeizufahren, nutzt auf alle Fälle zu wenig.
Die Liebmann besucht nur noch eines von den beiden Cafes, im Dezember, das mit den Weihnachtskugeln im Fenster, das bunte, und es bedient wieder Eva und schäkert mit der Chefin in Schwarz und rote Lippen hinterm Tresen, noch sagt die Evamaria oder Evi, wenns schnell gehen muß, und die Liebmann darf am Stammtisch auf Manne warten, der auch kommt, im Dezember.
Im Dezember wird eine Frau Schulz sterben, die ihre Wohnung im Haus nebenan hatte, eine Frau Schulz mit knallbraunen Augen, eine sehr hübsche Frau Schulz mit 86 Jahren und eine sehr große Frau Schulz auch, bißchen den Stock verschluckt als Preußin, mit Schal und Muff im Winter wie zum Eislaufen auf Kupferstichen, nur eben etwas groß dabei und über achtzig, so daß man Sterblichkeit nicht mehr erwartet hatte.
Das wird hervorgehoben im Cafe, daß es sogar diese erwischt hat, das wird der allgemeinen Stimmung angelastet, die seit einiger Zeit alles wegsacken läßt, nicht mal Weihnachten kann den einzelnen retten davor, die Glühlampenstrippen kann der Osten sich sparen, die kann er sich in den Hintern schieben, Irina, früher hieß es, der letzte macht das Licht aus, so hat es geheißen, aber jetzt ist es so duster, als obs schon passiert ist. Da kann Karin

ihre Schnäpse aufbieten, Irina ihren Westtypen und Manne seinen Enkel, kaum sind sie raus, sind die Angebote schon vergessen, es ist kein Staat damit zu machen, im Cafe.
Nur Eva läßt ihren Kopf nicht hängen und zieht ihren Ausreiseantrag nicht zurück, und wenn die ihr sonstwas androhen auf der Abteilung, aber bei der sitzen wiederum die Tränen locker. Manchmal weint sie im Cafe und weiß nicht, warum, und im Dezember hat sie in der Auguststraße im Hinterhaus, wo sie zwei Zimmer bewohnt, nach einem Abend im Cafe weitergeweint, bis ihr die Reisetasche ins Auge fiel, die noch auf dem Teppich stand, weil sie Porzellan verkauft hatte, in diese Tasche packte sie Wäsche, Pullover und ihre Papiere und ging, verheult wie ick war, Irina, die fünf Minuten hoch, Bahnhof Friedrichstraße, einfach rein in die Ausreisehalle, und hat ihren Personalausweis hingehalten und gesagt, daß sie raus will, jawohl ihr Bullen, da guckt ihr, wa?!
Sie hat also den Ausweis denen hingeknallt, wie es im Cafe hieß, in vollem Bewußtsein davon, daß so was als versuchte Republikflucht mit zwei Jahren bestraft wird, und was ist gewesen?
Getröstet haben sie Eva, in ein Kämmerchen geführt zuerst, dann für eine Nacht zum Ausheulen in die Keibelstraße. Zwei Grüne mußten ihre Sachen tragen, einer die Tasche und einer den Mantel, haha, zweimal die Keibelstraße hoch und runter sind die gelaufen, zu doof, um die Zellen der U-Haft zu finden, Eva hättes ihnen zeigen können, aber dem Schwächeren wird nicht geholfen, und was das bedeuten soll, daß sie nun wieder hier sitzt, das weiß sie selber nicht, aber zu bedeuten hat es was, es wird Zeit, daß wir rauskommen, sagt Eva.

Aber so zwischen den Feiertagen ist ja auch noch Dezember, und da brennen Kerzen auf Karins Tresen, und in der Weinstube, die sich Probierstübchen nennt, ist gar kein Licht an, nur Kerzenschatten in der Gaststube, der Leichensezierer, das rote Gesicht, grüßt vom Nebentisch, und Eva lacht wieder, erzählt von Moppi, dem Apricot-Pudel, der grade jetzt drüben auf der Intensiv-Station liegt, so sind se im Westen, ja, Mannes Verwandte schmücken ihrem Hund immer einen eigenen Tannenbaum, weil dem dann die Augen so glänzen, so sind se, na und, solln se so sein, Eva zufrieden, mit Karin gestritten, gekündigt, bei Manne angefangen, gestern, Büro, und ihm Essen gekocht, und der auch zufrieden, spendiert den Wein und findet das im Dezember gemütlich hier drin, gemütlich, will Eva mal klarstellen, gemütlich kann sie sichs überall machen, ach, das glaubt Manne nicht, und das glaubt sie doch selbst nicht, sagt er, und wie er das sagt, sieht die Liebmann auf das Weinglas in Evas Händen, das glänzt so und leuchtet vor ihrer Brust, rund und weiß sieht die aus, goldgestreift, neues T-Shirt, die Eva, wie glücklich guckt die den Tischler denn an, und dort hinten lacht der Leichensezierer, das rote Gesicht, berühmt wegen Leichenverwechslung, Verlierung sogar, winkt rüber, sucht Arbeit zur Zeit, Manne hatte ihn schon an der Säge stehn, zwecklos, wo soll der, mal ernsthaft gesprochen, noch hin, und die Liebmann trinkt ihren Wein und lacht, wenn man bleiben könnte, sieht Wachsmann draußen vorbeigehn, zum zweiten Mal schon, der findet uns nicht, aber wenn ich euch jetzt hier alleine lasse, sagt sie, dann findet der mich.

Es vergehn keine fünf Minuten da draußen, da tippt er ihr von hinten auf die Schulter, langer Mantel und nichts auf dem Kopf, blasse Lippen, er hat was gesehen, sagt er, redet vom Januar, Januar, wenn er bloß schon raus wär, denn wer weiß, zu was die noch fähig sind, hier.
Stehn ein Weilchen auf dem Trottoir, die beiden, stehn gegenüber von diesem Haus, wo die große Frau Schulz gewohnt hat, sehen hoch zu der Wohnung im Dämmerlicht, dunkel, die Fenster, die ja nun Licht in ein leeres Zimmer lassen, menschenleer zumindest, wo mal eine Frau gewohnt hat, mit einer gelben Katze. Die erste in der Straße, die der Liebmann was erzählt hat da oben, wo an dem rechtesten Fenster, oder war es das linkeste, von unten aus gesehen, vielleicht immer noch der Sessel steht, in den sie sich setzen sollte. Was angenehm Kahles hatte das Zimmer, auf blanken Dielen ist sie zum Sessel gegangen, und hart und gerade hat sie darin gesessen, mit Blick auf die Turnhalle oder was da früher mal stand, man kann sich die Gegend nicht aussuchen.
Man kann sich die Gegend nicht aussuchen, hat die Frau gesagt, und die Liebmann hat nicht widersprochen. Und sofort hat die Frau ihr die Fotokopie des Adreßbuchauszugs aus der Hand genommen, den die Liebmann bei solchen Besuchen immer mit sich rumtrug, 1943, letzte Gesamtberliner Ausgabe, die ganze Straße auf einer Seite, die Häuser, die Bewohner, und die große Frau Schulz fand auch gleich den Namen ihrer Eltern, da können Sie mal sehen, was ordentliche Mieter sind, und darum kann das nicht stimmen, daß sie die erste war, denkt die Liebmann und ergreift Wachsmanns Hand, der will sich verabschieden, dem ist kalt, er will noch ins bunte Cafe, ob sie mitkommt, nein, sie wird nach Hause gehn.

Aber sie geht nicht. Sie steht da und steht, wird ja dunkel inzwischen. Der erste Besuch in der Straße, wo war der, auf jeden Fall ist der Fotograf mitgegangen, mit ihm hat sie bei fremden Leuten geklingelt, und zuerst wohl da vorn, in dem spitzen Haus, Straßenecke, von hier aus kann mans nicht sehen, steht aber vorne irgendwo rechts, sah wie ein gelbes Schiff damals aus, das Haus, ist jetzt ein weißes. Im Regen und Schnee ein weißes Schiff da vorn, Richtung Norden. Nicht mehr ausgekohlt innen und mit zerschlagener Eingangstür wie damals, wovon es ein Foto geben muß, von diesem verrußten, vollgekritzelten Treppenhaus, in dem sie umsonst auf alle Klingelknöpfe drücken, und nur im dritten Stock sagt eine Stimme: Wer sind Sie, ich bin blind, hinter der Tür, was den Fotografen veranlaßt, den Fotoapparat wegzustecken. Das war er erste Besuch: Die blinde Frau Schulz.
Ein Mondgesicht, ein rotes, über steif abgespreiztem rechtem Arm, eine brennende Zigarette in der Hand, rosa Arm, rosa Jacke, selbstgestrickt oder von wem gestrickt, so saß die auf einem Stuhl wie auf einem Thron, drei Etagen hoch, auf dem ärmsten aller armen Teppichreste, Kettenraucherin, Dauerwellenkrause, blind.
Wußte also nicht, wie schwarz gefärbt ihre Haare waren?

An den Gedanken erinnert sich die Liebmann genau, und daß die Blinde das Haus erklärt, wie schön es ist, Hunderte von Jahren alt, und daß sie der Blinden das Alter des Hauses nennt, 90 Jahre, und der Arm der Frau heruntersinkt, und sie danach nur noch schlecht darüber redet, daß es kalt ist und keiner die Wohnung tauschen wird – wird keiner tauschen, keiner tauschen.

Und weil die Frau nicht das mindeste weiß über frühere Mieter und Hausbesitzer, und damals interessierten sie ja wirklich noch die Häuser, und eine weitere Frau Schulz hereinkommt, eine kleine, dicke, dampfende Frau Schulz, und der Blinden zweihundert Gramm Wurst bringt und auch nichts weiß über dieses Haus, und weil das so weitergeht bei den nächsten Besuchen in dieser Straße, bestellt die Liebmann sich eines Tages im Winter alle Berliner Adreßbücher, und der Fotograf fotografiert immer die Seite, auf der die Besitzer und die Mieter aller vierzig Häuser ausgedruckt sind, über hundert Jahre, und die Schachtel mit den Fotos bekommt sie erst nach seiner Beerdigung. Da sieht sie die Finger des Fotografen auf manchen Blättern, er hat die eigenen Finger mitfotografiert, beim Festhalten eines Adreßbuchs, schöne Finger, längst begraben, wie die ganze große Frau Schulz, bei der sie eben nicht zuerst war, die ihr nur zuerst einfällt, aber warum?
Die Blinde war die erste. Bei der Blinden im Treppenhaus hat die Liebmann alles abgeschrieben, was eingekratzt war, jedes Wort einzeln, von den Sätzen weiß sie nur noch GELÖBNIS: ICH NORBERT SCHULZ GELOBE – und daß es beim Abschreiben »Norbert« von oben rief, »Norbert, bist du das?« und daß dann diese dicke Frau Schulz die Treppe runterkam, die sitzen geblieben war, als die beiden gingen, und diese dicke Frau Schulz rief der Blinden hoch, daß es nicht Norbert sei, der im Treppenhaus rumore, sondern die Fremden, diese beiden jungen Leute, die sie gleich mit rausnehmen wird.

Kann sein, das war auch im Dezember? Kann sein, es war kalt und naß im Hausflur und auf der Straße auch,

wo sie dann zu dritt mit der Dicken standen neben einem Laternenmast aus Beton, und diese Frau erzählt, daß sie eine Badewanne zu verkaufen hat. Dampf ausstoßend im grünlichen Licht der Laterne, weiß sie über das Haus, daß jemand darin einen Kinderwagen verbrannt hat, aus Rache, und sagt über die blinde Frau Schulz, daß die vom Ehemann aus der Gegend mit den Kalibergwerken nach Berlin geholt worden ist und dann verlassen, und danach geht es wieder über die Badewanne und einen Küchenschrank, der auch zu haben ist, und diverse andere Gegenstände, und dann trollert sie ab, die Dicke, in ein Haus, das von dort aus, wo die Liebmann jetzt steht, nun wiederum gut zu sehen ist, graues Mietshaus, schlicht, bißchen zu schlicht vielleicht, diese Rauhputzfassade, drinnen die Stiegen waren beinahe barock, sind es immer noch, sie könnte ja hingehn, die Hand wieder rauflegen auf die Klinke, draufdrücken.
Damals hat sie das einfach gemacht, draufdrücken, reingehen und ebenfalls ohne Adreßbuchfotos, das weiß sie jetzt wieder, also ebenfalls vor dem Besuch bei der großen Frau Schulz und allein.

Allein stand sie vor einem Warenlager, Geschirr und Koffer bis zur Decke gestapelt, und dazu das Geräusch, mit dem die dicke Frau Schulz die Wohnungstür von innen abschließt, und das muß alles vor Weihnachten gewesen sein, denn die Liebmann sieht sich zwischen Stapeln von Tellern und Tassen kramen, Geschenke muß man finden. Die dicke Frau Schulz steht hinter ihr und hält Liebmanns Strickjacke im Arm, kann ja stören beim Suchen, die Jacke, Kristall runterreißen, womöglich, und das hat sie auch noch im Ohr, die Fragen von hinten, ob sie die selber gestrickt hat, die Jacke, und wo sie den Silberfuchs herhat, und daß diese dicke Frau Schulz noch nie in Moskau war, und jetzt fällt ihr ein, wie sie sich plötzlich umdreht, mit einer hellblauen Glasvase in der Hand, und die Dicke ganz träumerisch in dem Fell kraulen sieht und sie sagen hört: Wie viele Pelze wir aus Norwegen mitgebracht haben.

Diese dicke Frau Schulz hatte einen Wäschekorb voller Muffs in einem Nebenzimmer, wie sich später herausstellte, so was kauft keiner mehr, schade drum, wenns wieder Mode wird, ist man blöde gewesen, und solange es kein Brot frißt, wirds aufgehoben, wohnte nur ein paar Häuser entfernt von dem Haus, wo die große Frau Schulz gewohnt hat, mit nur einem Muff für die alten Hände. Schwarzer Muff, schwarzer Pelzkragen über dem Winterkostüm, so ist sie oft aus dem Haus gekommen, und jetzt soll das vorbei sein, jetzt, im Dezember, wo lauter Kapuzenmäntel die Straße hoch- und runterlaufen – soweit sie gucken kann grau, graugrün, dem Regen anverwandelt, die Gestalten, wie sie rumtropfen in der Gegend, da ist ein Winterkostüm keine schlechte Idee, und jetzt, an diesem Nachmittag zwischen Weihnachten und Silvester, kommt dem Kapuzenmantel, den die Liebmann sich übergezogen hat wegen Regen, den Kopf zu schützen, in dem sich gerade ein Film mit alten Frauen abspult, eine entgegen, die mal geschrien hat, daß man Leute nicht ausfragt, merken Sie sich das, und die Tür zugeschlagen.
Die bewegt schon von weitem den Mund und steuert sie an, die lächelt und nickt und faßt der Liebmann an den Ärmel, ist knochig, diese fremde Hand, hält fest, bis die

Liebmann einen Besuch verspricht im neuen Jahr. Ja, sagt sie, ja, sie wird kommen, denn die Hand soll endlich loslassen, und sie sieht der Frau auch nach beim Pflastertreten in Hausschuhen, die hoffentlich besohlt sind, aber nicht mit Gummi, sonst wird die noch ausrutschen auf den Granitplatten, diese Frau Schulz aus der Nummer 13.

Nummer dreizehn ist das Haus mit dem Schnapsladen, in dem mal das dreizehnte Polizeirevier saß, und Kaufleute waren die Besitzer. Ziemlich mühelos fällt mir das immer noch ein, denkt die Liebmann, wenn ich will, aber ich will nicht mehr, und ich geh auch nicht hin, im Januar.

WANN SOLL DENN DIE ÄNDERUNG EINTRETEN?

Im Januar wird es regelrecht dunkel. Der Mann aus Wien kommt und fährt wieder ab, nachdem man zusammen an der Ostsee war. Statt Schnee fiel Regen, die bekannten Wege standen voll Wasser, so daß es günstiger war, den Strand langzulaufen, wenn man spazierengehn wollte, die Steilküste immer neben sich, braune Sandwand, Wurzeln hängen runter, von dem ganzen im Nebel verschwundenen Meer rollt ein Wasserrand raus und versikkert auf Steinen. Der Mann läuft immer ein Stück voraus, und bei jedem Schritt schlägt ihm seine neue Videokamera an die Hüfte, die Liebmann dahinter denkt, wie – wie kann man eine Dreitageliebe sich selber so aufblasen, daß ein Mann im Nebel vor einem hergeht.

Dafür denkt sie dann später in Pankow nicht mehr Süden, wenn sie zur Kirche guckt, denkt allerdings sein Gesicht, nachts, als er sie festhielt neben dem Fahrkartenschalter dieser Bahnstation, die zu dem Kurort gehörte, da oben am Meer, in der Nacht, hiergelieben, Paloma. Sie wollte abfahren. Hiergeblieben, Paloma, hat er auch nachts in dem Zimmer gesagt, das sie für drei Tage gemietet hatte, Haus im Wald, und die Tür abgeschlossen. Da hatte sie ihr Leben schon abgeschrieben, dabei wollte der nur das Meer filmen. Meereswellen.
Selber schuld, wer immer an die gleiche Stelle fährt, gähnt und die Bäume nachzählt, fehlte tatsächlich einer, war abgerutscht, runter auf den Strand, unterspült, die Ecke, aber sogar das hatte sie schon kommen sehen, kann sie später im Cafe erzählen, an einem Abend mit Manne und Eva, wo auch noch andere dazukommen natürlich, und Evas Haare rot sind, kann das sein, rosa gefärbt in dem Licht oder die Augen, Eva war wohl minu-

tenlang gänzlich rosa, Wachsmann hats auch bemerkt, das sah nicht gut aus, nicht wie sie gedacht hatte, diese Spülung, wenn man täglich alleine, es ist dieser graue Himmel, soll Winter sein und so warm, lange halte ich das nicht aus, Irina, du müßtest niemals so lange warten, dir würden sie einen Paß anbieten, den Künstlern, denen geben sie welche.
Trägt weiße Blusen jetzt, Eva, hängt sie zum Trocknen ans Küchenfenster, immer eine weiße Fahne da oben im Hinterhaus Auguststraße, das hat eine Wendeltreppe, Beton muß das sein, jede Stufe mit einem Teppichstück beklebt, und die Sessel auf den Treppenabsätzen hat Evas Mutter noch hingestellt, die ist schon drüben in Westberlin. Vor Evas Wohnungstür stehen Plastikalpenveilchen in einer Milchflasche auf dem Fensterbrett.

Im Januar kommt ein Bekannter die Treppen hoch, in Pankow, und fragt nach einer Schreibmaschine. Mit dem stand sie einmal im Sommer in Polen – mit Freunden, eine Gruppe war das, in einer Ebene, Hitze, unerträgliches Licht am Morgen, auf den Bergen ringsrum sah man Kühe auf Lichtungen stehn, man sah sie die Hänge hochsteigen, das ist hier in Wirklichkeit die Ukraine, sagte einer, ein Mann, der hatte nur Silberzähne im Mund, die blitzten beim Sprechen, Ober-, Unterkiefer, er war mal in Deutschland als Arbeiter, ich bin nicht so alt, wie ich aussehe – Jahre muß das her sein, jetzt trägt dieser Bekannte ein Kind auf dem Arm, setzt es aufs Sofa.
Er will auch, daß sie einen Text übersetzt, sie kann doch Russisch, und sie sagt nein. Sie will nicht in'n Knast, denn was er da machen will, kann sie sich denken, aber daß er dazu eine Schreibmaschine braucht, eine von ihr,

jetzt auf einmal, nach so vielen Jahren, das kann sie sich nicht denken, und sie will nicht in irgendwas reingezogen werden.
Feige, sagt sie, für so was bin ich zu feige, laßt mich in Ruhe, machs gut. Der Mann hebt sein Kind wieder auf den Arm, eine kleine Tochter, erkältet, die sich den Rotz schon die ganze Zeit über die Backen schmiert, geht, kommt wieder, er hatte sein Netz vergessen, ein altes Einkaufsnetz, lag auf dem Sofa, sieht das Telefon, fragt, ob er mal telefonieren kann, klar, geht dann endgültig, danach steht sie mal wieder am Fenster, guckt auf den Hof, Rasen, Kirche, das Kreuz, denkt nicht Süden, denkt: Hiergeblieben, Paloma, komisch.

Es ist regelrecht finster.
Klingelt das Telefon, ist es Johannes. Gehn wir ein Stück?
Dann hat sie noch fünf Minuten Zeit, weil er langsam ist, läuft Richtung Park, sieht ihn die Straße entgegenkommen, dünn, krummes Holz hinterm Ofen getrocknet, die dunkle Figur, lächelt ein bißchen von weitem. So wirst du lächeln. Komm, hak dich ein, wo finden die Finger den Durchgang zwischen dem Tuch, Tuch, Falten, der Stoff ist so dick, schwarze Jacke, warm ists da auch nicht, dazu ist Johannes zu dünn, und der Weg war zu kurz, an drei Häusern, zwei Gärten vorbei um die Ecke, so untergefaßt betreten sie immer den ersten Asphaltweg im Park, voll Wasser gesaugt sind die Wiesen im Januar, schwarz und naß die Sträucher, die Bäume kahl, wie gehts dir, fragen sie sich beim Laufen, wie geht es dir?

Dunkle Tage. Die Tochter kommt aus der Schule, weint, knallt mit den Türen, kein Hunger, geht weg, die Mutter setzt Wasser auf, telefoniert, knackt Nüsse, keine Lust zum Arbeiten, war alles fertig außer dem Buch, für das sie die Zettel gestapelt hatte, da blättert sie drin, sucht die Notizen von den Gesprächen mit den Frauen Schulz, aber die, die sich damals an ihr festgekrallt hat, nach Weihnachten, die aus der Nummer 13, die kann nicht dabeisein, die wollte ja nicht. Weil sie Angst hatte, denkt die Liebmann, nein, weil sie keine Angst hatte, wie kommt sie denn da drauf, sie hat selbst keine Angst, und wovor denn, vor alten Frauen etwa?

Es ist Sonntag, der stille Tag in der Woche, kann ein Sonntag sein, so im Januar, da schaltet sie Nachrichten ein im Fernsehen, Abendnachrichten, und sieht diesen Bekannten, das Gesicht, das gerade noch vor ein paar Tagen eine Schreibmaschine verlangte, verhaftet, er soll demonstriert haben, mit zehn anderen, zwanzig, ein Spruchband war auch auf den Bildern zu sehen, schwarzweiß in dem Apparat, der steht auf dem Fußboden, auf den Bastmatten mit seinem Gesicht, Augenlider gesenkt, dieselbe Nachricht auf allen Kanälen.
Nachts kreischt die Straßenbahn, brüllen Stimmen, und irgendwo in der Nähe Gesang, das Fenster steht offen, kann das denn sein, daß da viele singen, Deutschland, Deutschland über alles, es ist Mitternacht, die Liebmann spinnt, denkt sie, schließt das Fenster, weg mit der Außenwelt, Quelle akustischer Täuschung, Ruhe, kein Fernsehen, kein Telefon, schlafen, sie schläft nicht, es ist was passiert.

Klingelt das Telefon, ist es Johannes. Gehn wir ein Stück?
Vor der Mauer am Ende des Parks stehen heute Soldaten. Hm, sagt er, hm, komm hier weiter. Sie laufen am Bach lang, der zwischen zwei abgetrampelten, erdigen Ufern, schwarz durch den Park fließt, Johannes hats auch gehört, nachts, den Gesang, bei mir vor dem Haus. Hört wohl jeder vor seinem und geht seine Runde, wer jetzt nicht verhaftet ist, hat nichts gemacht, hält sich raus, aber die Sache stinkt doch, und ich sehe nicht ein, hm, sagt Johannes, hm, man hätte mitgehen müssen. Hände in den Taschen, die Liebmann, Kapuzenmantel, heller Stoff, weich gefüttert, sieht zu, wie Johannes nach Zigaretten sucht, lange, blau-weiß, die zerknautschte Papierschachtel Club, eine Bank steht mitten auf der riesigen Wiese, die den Park ausmacht, darauf setzen sie sich, nasse Bäume ringsrum, und im Schatten der Sträucher Soldaten. Auf den Wegen Spaziergänger ab und zu, Hunde. Auf dieser Bank saß mal ein sehr dicker Mann, atmete schwer, sein Wintermantel, aufgeknöpft, stand ihm vom Bauch ab, die Liebmann erinnert sich, wie sie dachte, das könnte bei Zeitverschiebung ein Jude sein, der nicht weiß, wohin.

Nachmittags stehen vor ihrem Haus und die Straße lang Lastwagen, voll mit Soldaten, sitzen im Halbdunkel unter der Plane, am nächsten Tag ruft Johannes an, will nur sagen, wo er wohnt, da ist die Straße gesperrt, um das Haus gegenüber herum, ein Neubau, Beton, eine Handelsgesellschaft, und daß jedem Posten eine MP vor dem Bauch baumelt. Vormittag. Die Lastwagen unten sind leer. Die Liebmann fährt rein in die Stadt mit der Bahn,

hat einen schönen Streifen auf der Brille, und durch den sieht sie überall nur noch Zivile, Armee, Polizei, die ganze Schönhauser Allee lang, es geschieht irgendwas, das ist klar, und das kommt nicht in den Nachrichten. In den Nachrichten die Verhafteten, der allgemeine Protest, morgens und abends und immer so weiter, und auf einmal dann doch was: Der König vor einer Versammlung, der Alte, wie er Satzteile in einen Saal schreit, neben ihm eine Bühne, und darauf steht das Politbüro.
Unten nur Kerle, verschwitzt, nicht ganz nüchtern vielleicht, übermüdet, auch könnten sie Stühle gebrauchen, es ist nicht ein einziger Stuhl im Saal, in Anzug und Schlips stehn sie breitbeinig da, Schulter an Schulter, zu viel für den Raum, der Sozialismus, schreit der Alte da oben, der siegt, siegt, siegt, grölen sie unten, grölen und lachen, nur die zwanzig da oben auf ihrer Bühne sehen ernst aus, erschrocken, kein Stuhl, zwanzig alte Leute nebeneinander, eine Frau ist dabei, die wurde als Kind mal bei Bauern versteckt, als ein großes Mädchen, hält mit geballter Hand eine Tasche am Henkel, so stehen sie, die kennen das schon, denkt die Liebmann, und dann wird ihr schlecht.
Schlecht?
Schließ dich ein, Fenster zu, Telefonstecker raus, und der Fernseher wird ausgeschaltet. Wir haben Haufen Papier, und was war denn nun hier, Nummer dreizehn, Frau Schulz?
Ziehen wir raus, den Bogen, Menschen, Menschennamen in Reihen, aus Adreßbüchern rausgeschrieben, links an den Rand den Namen des Mieters, Beruf, oben die Jahreszahlen, auf Papierstreifen übertragen, in den Bogen dreizehn, da wird sie jetzt reinsehn, ein Schulz,

Kolonialwaren bis achtzehndreiundneunzig, das ist zu früh, Schulz, Reichsbahnarbeiter, neunzehnzweiunddreißig, ist zu kurz, nur ein Jahr, scheidet aus, scheidet aus, ist kein Schulz mehr im Haus, und das Zimmer so groß, so ein langer Streifen Papier auf den Bastmatten, Namen von links nach rechts über Jahre geschrieben, die Striche von oben nach unten, Kalina, Serviererin, Sie stehn nur einmal drin, Karschunke, Kohlen, hat zwei Jahre zu holen, Witwe Cohn, Witwe Cohn, neunzehnvierzig ist schon, ist sie weg, weg vom Fleck, und im Schnapsladen sitzt eine Hellwig, Sophie, ach, vergessen Sie, und ein Herr Herfurt hat hier neunzehnhundert Silvester gefeiert, ein Totengräber, Jahrhundertfeier, auf ein gutes neues, Herr Blumenthal, Kaufmann und Mieter seit siebenundachtzig, und daß die Toten nicht aufstehn, Herr Nachbar, da sorgen Sie für, für und für, und unten das Polizeirevier feiert auch, aber kein Lastwagen und keine MP, was wolln die – uns beweisen, na die ziehn bald aus, neunzehnfünf ist das Haus polizeifrei, und in der Zigarrenhandlung geschieht eine Wandlung, jährlich ein neuer Zigarrenbetreuer, und Schnaps kommt dazu, in dem Schnapsladen sitzt eine Hellwig, Sophie, Hochparterre, Eckladen, kennen wir gut, der Hof ist ein Lichtschacht, Parterrefenster speckig, darunter stand mal ein Blech an die Wand gelehnt, sie hats umgedreht, ein Emailleschild O. PAUL. CIGARREN. – Auf dem Bogen hier ist Paul einundvierzig verschwunden. O. PAUL. CIGARREN steht bald fünfzig Jahre, steht vielleicht jetzt noch im Regen: O. PAUL. CIGARREN, kann sein, aber Antiquitäten, die könn' uns nicht räten, nein, können sie nicht, hier liegt ein Gedicht zwischen all den Papieren, nein, das Gedicht liest sie ein andermal, sieht ja die letzten zwei Zeilen, das reimt sich,

rot/tot, gut/Blut, das hat eine bucklige Frau Schulz aufgeschrieben, in deutscher Schreibschrift, wie sie es gelernt hat, so liegt es jetzt da, ja.
Und jetzt, später, am nächsten Morgen, setzt die Liebmann sich an die Schreibmaschine, tippt erst mal gar nichts über Frau Schulz aus der Nummer dreizehn, tippt einen Brief an den König, falls der noch am Ball ist, nach dieser Nacht, kurz und bündig, und trotzdem vertippt sie sich mehrmals, aber dann steht es da:
Ich will weg von hier.

Siehst du, und dann gehe ich so die Friedrichstraße lang, eines Tages, und da treffe ich dich.

Sitzt einer am Tresen in einem Cafe, klein, allein, Lederjacke und roter Schal, was hat den in den Osten verschlagen?
Und wie gefällts ihm? Normal, sagt er, gut. Der ist auch normal, lacht, warum lachst du, nur so, ist so ruhig hier, schön.
Er kann auf ein Stück von der Stahlkonstruktion Bahnhof Friedrichstraße sehen, verglast, Sonne scheint, guckt dann weiter zum Kiosk, der auf der anderen Straßenseite für Blumen dasteht, die ein Mann verkauft, Schnittblumen, Tulpen, nur Tulpen, die Sonne scheint, März, sieht die Liebmann an, lacht, warum lachst du, nur so, bist du öfter hier, nein, seit der Mauer das erste Mal.
Die Liebmann hat Zeit, ist ja wirklich schön heute, hängt ihre Füße in Stöckelschuhen einmal links, einmal rechts in das Stahlrohr des Barhockers ein, spitze Schuhe aus lila mit Silber und mit eigentlich allen auf Silber erscheinenden Farben bedrucktem Leder, denkt Italien, die sind aus Italien, hat Jeans an, ein Rock wäre besser, meine Herrschaften, wolln sie noch was, ja, die wollen noch was. Die reden, lachen, tippen mit Fingern auf Holz rum, der Bar, auf die sie die Arme gestützt haben, ja, jajaja, ja natürlich, ach findest du, ja, sagen sie, ja, das finde ich auch, ein Mann, eine Frau, ziemlich krumm auf den Hockern, die Jeansbeine breit, immerzu steht der Kellner daneben, wartend auf seine nächste Bestellung, die ein Mann ihm rüberreicht auf das Tablett, vorsichtig, nichts verkippen, fällt schwer, wie der guckt, im Vorbeigehn, der Kellner, ein Vogelgesicht, wenn du ein Vogel wärst, im Zigarettenqualm, wolln wir rausgehen, der Mann auf dem Platz neben ihr trägt runde, schwarze, angestoßene Schuhe. Du könntest mir ja etwas zeigen.

Die Ecke Friedrichstraße – Unter den Linden steht der Liebmann auf einmal vor Augen wie das Wichtigste überhaupt, und auf allen vier Ecken stehn Rudel von Menschen, Wind schlägt ihre Mäntel hoch wie vor Leidenschaft, Wind, alles grau, sieht sich selber zwischen den Leuten stehn, wie sie den Kopf dreht, nach links zu dem Tor, Brandenburger, nach rechts zu den dunklen Fassaden der Bibliotheken, die Straße ist leer, die Menschen schwanken und zittern weiterzugehen, warum so was auf einmal, wem will sie denn jetzt was erklären, dem in der Lederjacke vielleicht, bloß weil er lustig ist, ach, komm, wir gehn in die andere Richtung.

Sie gehn an der Spree lang und rüber ins bunte Cafe und bleiben dort, bis es dunkel wird. Eva klopft an die Scheiben von außen und lacht, hat gekündigt, sagt Karin, bei Manne jetzt auch, der kommt gar nicht vorbei, Wachsmann dagegen, der bleiche Geselle, trägt heute Anzug, steht ab um den Hals, will nur grüßen, mal gucken, wer da ist, der hat auch einen Ausreiseantrag, sagt die Liebmann, wir alle, und hält ihre Tasse am Henkel. Sind immer irgendwie zart, die Tassen, die Karin sich einkauft, die Henkel so dünn, und sie selber in Schwarz, Gold am Ohr, auf der Brust, gießt Kognak in Gläser am Tresen dort hinten, gelbes Licht, Dekolleté, schöne Frau überhaupt, findst du auch, ach, der lächelt, der ist irgendwo in Gedanken, und wo? Wo, ja, wo – wo wir sind, und wo sind wir, ich weiß nicht. Du willst es nicht sagen.
Ich weiß es nicht, sagt sie, soweit alle Karten zurückreichen, standen hier immer Branntweindestillen, rings um den Judenfriedhof, und denkt, daß bei Manne die ganze Zeit Licht brennt in seinem Büro, denkt an die riesigen

Keller, die drunter sein müssen und hierunter auch, und im Cafe am Tisch wird das Licht immer gelber, eine Glokke, in der sie zuletzt nur noch sitzen, jetzt bist du hier.

Sie führt ihn die Straßen lang, diesiges Licht der Laternen, zur Grenze zurück, Bahnhof Friedrichstraße, Ausreisehalle, Schlangen davor, Menschen stellen sich an, gehen schrittweise vorwärts, ins Grenzloch hinein, die Bahnen, die in den Glasbahnhof einfahren, kommen aus dem Osten, fahrn auch dorthin zurück, die Bahn, in die er nun steigen wird, die aus dem Westen kam und in den Westen zurückfährt, ist samt ihrer Gleise und Brücken da vorne gänzlich von einer Verdunklung verdeckt, nichts soll man sehen, man sieht nichts von der Brücke aus, Wasser und Dunkel, aber wenn sie zu Hause ist, nach einer Stunde, klingelt das Telefon, er ist da, sagt er, ich bin da.

Berlin im Frühling auf einmal, Wind, Licht, blauer Himmel. Die Liebmann kriegt täglich Besuch, beinah täglich.
Klingelt das Telefon, ist es Johannes, aber sie ist im Park, einem anderen, zweiten, mit Kaffee und Wiesen, Bier auf Holztischen draußen im Parkrestaurant. Sitzen sich gegenüber, trägt jeder ein Hemd, hell und hochgekrempelt die Ärmel, schön siehst du aus, deine Haare im Licht, schön hier überhaupt, ist doch nur die Sonne, was heißt nur, war so lange nicht, und die Liebmann denkt gleich, gleich wird sie wissen, woran dieser Mann sie erinnert, es ist was Zentrales, was Altes und Warmes, erinnert sich nicht, nur beinah, und das bleibt so, schon lange scheint Sonne, stehn Füße in schwarzen, abgerundeten Schuhen neben ihren, so täglich gehn sie nebeneinander das Stück bis zur Grenze, Mitternacht läuft sein Visum ab, näher, noch näher, aber näher kann sie ihm nicht mehr kommen, denn dann steht der Zaun vor der Brücke, bis morgen, zurück jetzt, die Straße ist leer, alles leer, alles frei, alles richtig zum Abräumen, guckt auch keiner mehr hin, ist auch keiner mehr da auf der breiten Straße, nur sie, ihr gehts gut, leuchtend blau der Himmel mit schwarzen Streifen, mit Seewind auf einmal, der bläst in den Rücken, schiebt sie hoch die Bornholmer und rein die Schönhauser Allee, klack klack klack, laufen grade auf löchrigem Pflaster, die Füße, die Beine, gerade gestreichelt, gestreichelte Haut in den Glitzerschuhen mit Rückenwind, treten nicht einmal daneben, an trübe beleuchteten Fenstern vorbei, an Vorgärten, denen die Gartenzäune längst runtergebrochen sind, weggeworfen, leer die Straße, nur Wind und vor Wind geschützt in den Hauseingängen einzelne Männer, die pfeifen oder rufen

etwas, rauchen, zeigen auf sie, rufen du, du, denkt sie selber, du ist das richtige Wort, und läuft schneller, in allen Querstraßen rechts, da blinkt hinten die Wand, das ist nur die erste, die erste, dann kommen die Drähte, die Gräben, die Panzersperren, vor soviel Absperrung und Barrikade, da brauchen wir keine eigene, denkt sie, wir laufen hier frei herum, klack klack klack, tolle Schuhe, die sind gar nicht silbern, nur Silber auf Lila und Bunt auf dem Pflaster von neunzehnhundert und unter der U-Bahn, die fährt grade gelb und von innen beleuchtet aus dem Bahnhof hoch über der Straße heraus unter freiem Himmel im Mai nachts um zehn, der noch hell ist bei Sommerzeit, Sommerzeit.

2:11 tickt die Leuchtzahl der Uhr, 2:12 oder sonstwas, egal, unter der Bettdecke ist es warm, Wind draußen, Mond oder Regen und Wolken oder einfach nur Dunst, Hitze, manchmal wirds auch schon hell. Unterm Fenster nachts immer ein Lichtfleck, eine Weinflasche steht auf den Bastmatten, Gläser, ein Stapel Papier unterm Tisch, auf der Truhe ein Spiegel.
Jetzt, im Dunkeln, spiegelt der gar nichts.

Was ist denn nun? fragt die Tochter. Warten.

Eva kommt, betrachtet den Schrank, den die Liebmann ihr abgeben will, ach, der schöne Schrank, sagt die Tochter. Eva ißt eine Suppe mit, Rinderbouillon, da hätte mehr Salz reingekonnt, und der Schrank wandert ab, gleich am nächsten Morgen kommen zwei Männer und tragen den weg, ach, der schöne Schrank, sagt die Tochter noch mal, kommt jetzt alles weg? Nein.

Warten, August, Hitze, voll das Aquarium, denkt die Liebmann, wenn sie die Haustür aufdrückt, nur noch Reste von Sauerstoff im August, alle Gegenstände sind staubig, alles Lebendige feucht, Männer fallen mehr auf als Frauen, zeigen nackte Fleischpartien, mächtige Flächen, stehen so auf den Bahnhöfen rum. Die Blumen, die der Mann, dem sie entgegenfuhr, ihr von der anderen Seite, von Zoo, sagt er, mitbringt, warum in der Mittagspause, so kurz, weil ich dich sehen will, irgendwas stimmt nicht, die halten nicht lange, legen wir sie in die Pfütze, die neben dem Brunnen entsteht, Friedrichstraße Ecke Unter den Linden, wo der Wind heute die Fontäne schräg rüberdrückt, grauer Wind, deine Blumen besprengt, Mohnblumen, rot, die behalten wir jetzt im Auge, vom Kaffeetisch aus, im Auge, im Kopf, im Gedächtnis für immer, den Strauß in der Pfütze, bunten Fleck auf Betonplatten, gib mir die Hand, sieh mich an, meine Liebe, sagt er, meine Liebe, und klapp macht die Tür von dem Grenzloch, weg ist er, sie fährt zurück, wie sie kam, in der Hitze, August, Bahnhof Friedrichstraße, die S-Bahn schleift mit der Blechseite funkenschlagend den Bahnsteig lang, unter verschwitzten Lidern bewegen die Menschen dazu nur die Augen, fallen von einem Fuß auf den anderen in dieser Stickigkeit, die Treppen hoch und runter, auf Straßen, wo Lastwagen alle zu schnell fahren, Dreckwind hinter sich herziehend, Straßenbahnen schieben sich langsam aus großer Entfernung heran, einsteigen, rein, wo man draußen schon keine Luft mehr bekommt, du, denkt die Liebmann, du, hält den Strauß in der Hand, meine Liebe, mein Lieber, Kastanienallee bleibt die Bahn gänzlich stehen, die Türen verschlossen, hinter ihr schon die nächste, das Bild dieser Bahn, die heranfährt, verwischt sich im Drecksturm, Bauschutt liegt auf dem Bürgersteig, Federkernmatratzen, darunter mit Lehm und Stroh umwickelte kurze Bretter, Dachpappe, es wird dunkler, hat der Druck sich erhöht, alle hier drin sehen sich an, Hunde treten aus Hauseingängen, Männer auch, die dazugehören, alle hier drin kommen der Liebmann bekannt vor, alle sehen sie an, langsam fährt auf dem Nebengleis eine Bahn vorbei, in der auch lauter Leute sitzen, die sie schon einmal gesehen hat, morgen fahren die wieder vorbei. Verrat.

Eva hat die Papiere bekommen. An einem Sonntag, August, winkt sie wie immer aus dem Hinterhaus Auguststraße, dritter Stock, über den Lagerplatz mit den rostigen Rohren – komme gleich! Und da steht sie, in Stöckelschuhen, in Goldsandalen, Marie, Haare blond, nicht mehr rosa, vor dem Lagerplatz Rohre, Grundstück Nummer eins, und das Haus Nummer eins liegt wohl unter der Erde, ist ein Zaun drum und immer noch Hitze darüber bei grauem Himmel, gleich beginnt ein Gewitter. Auf der anderen Straßenseite, in dem spitzen Eckhaus, gibt es neuerdings auch ein Cafe, dort steht die Tür offen, rein, komm schnell rein in das Schiff hier Parterre, Sekt bestellen.

Setzt sich einer ran, junger Kerl, Lederjacke, erzählt, daß er jetzt zwar aus Westberlin kommt, aber wieder zurück will, zurück in den Osten, er ist ja von hier, und wie dumm die sind, die bewußte Abteilung, er muß wieder warten, das dauert und dauert, bis der merkt, daß er hier die Falschen erwischt hat, hebt endlich den Arsch, geht zum Nachbartisch weiter, Eva, die eine nach der anderen raucht, nur die teuersten Zigaretten heute und schon seit Wochen, bläst ihm den Rauch hinterher, diesem Typ, wie der dasitzt in Jeans, neue Turnschuhe hat er, schlapp übern Tisch gebeugt, redet der auf zwei Männer ein, und die nicken dazu – kieck ihn dir an.

Draußen regnet es längst, blitzt und donnert über dem Lagerplatz Rohre und der Straßenecke mit dem Cafe, in dem Eva auf einmal behauptet, daß die alle schwachsinnig sind, hier im Osten, die spüren genau, daß sie nichts begreifen, daß die alle verrückt sind, gehässig und neidisch, neidisch auf Eva sogar, die nicht mal die Ladefläche vollgekriegt hat von dem Möbelwagen, der gestern

kam, das halbe Auto ist leer geblieben, die Liebmann soll denen nicht glauben, keinem glauben, glaub mir, umsonst will die Liebmann von Manne reden, vom Cafe dahinten, und wie Eva selber so lustig, die Liebmann denkt wohl an den Tag, ihr gehts besser, die hat wohl vergessen, daß ihr Liebster auch noch eine Frau hat, da drüben, kriegt von Eva den Mund verboten, die dann ihren Kopf seltsam wegdreht, Richtung Tür, die ja offen steht und wo man sehen kann, wie der Regen fällt, auf Granitplatten klatscht, die ein Herr Klemm kaufen mußte, bezahlen, ein Seiler, dem hat das Haus mal gehört, nicht das hier, ein anderes an dieser Stelle, der wird nicht so schöne Zimmer gehabt haben, Klemm, nicht den teuren Stuck über ihren Köpfen, wo Qualm sich sammelt, ein Rauschen, ein Klatschen da draußen, es ist nur noch hell vor den Fenstern, man kann nichts mehr sehen, und langsam weht Regenluft rein, Eva weint. Zieht ein Taschentuch aus ihrer Tasche, wischt sich an den Augen herum, was soll sein, Irina?
Sie kommt nicht mehr zurück, nicht wie der da, der Typ da, zum Umfalln zu blöde.
Sie trennen sich an der Ecke Sophien, an der Betonlaterne, Eva läuft gradeaus, will zur Rosenthaler, ob die vom Geflügelgeschäft ihr mal einen Broiler rausholen, son gefrorenen Klumpen Huhn.

Was soll sein?
Wir lassen uns nicht aus der Ruhe bringen, ans Schienbein treten, die Nerven freilegen, nein, denkt die Liebmann, und morgen, wenn ich durchkomme mit der telefonischen Leitung, wenn ich durchkomme, bist du da und wirst fragen, was gestern gewesen ist, nichts, bißchen blöde Gedanken, tuten lassen, das Ding, bis die Stimme erscheint, deine schöne, die zärtliche Stimme, für mich, denkt die Liebmann, zu mir spricht die so, ich kann ruhig sein, ist auch ruhig, den nächsten Tag und den folgenden auch, dreht ruhig an ihrer Wählscheibe rum, die Vorwahl zum Westen ist immer besetzt. Wenn das Telefon klingelt, ist es Johannes, sie erzählen sich was, aber in den Park will die Liebmann heut nicht, sie will hier im Zimmer sein, ruhig, so ruhig ist das auf einmal hier drin, einen Tag, zwei, eine Woche, wie still solls denn sein, im August?

Und wie sie so auf das Fenster sieht, wilder Wein rankt davor, Jugendstilornament, grüne Blätter vor Blau, ist ja dritter Stock, man kann den Himmel sehn, steigt von unten Schnee hoch, langsam und leicht, große Flocken, weiß, und die Liebmann denkt: endlich. Wie wünsch ich mir Schnee. Dabei schüttelt nur jemand sein Federbett aus, Schlampenhaushalt da unten, ganz einfach, sie braucht ziemlich lange, um das zu verstehen, viel zu lange, das wird ihr dann später immer mal einfallen, diese überlange Schaltsekunde, und daß in diesem Augenblick, als sies begriffen hatte, das Telefon klingelt. Sie können die Pässe abholen.

Tritt aus. Gehst du pinkeln oder was? Tritt aus, tritt aus wie Schweiß oder Blut, aus – Maus, anstellen hinter Rentnerlocken und orthopädischen Schuhen, grade stehn in der Schlange, raus muß das heißen, raustreten aus dem Verband, dem Verein und wieder rein, nein, heraus, heraus zum frohen Schmaus, heraus, meine Herrschaften, stehn zu viele hier in der Kachelhalle, viel zu viele in Schlangen zur Ausreise an, hereinspaziert, hereinspaziert, kommt immer zu schnell, das herein, noch sind wir nicht draußen, das wolln wir nicht sein, weinen gleich, weil wir nicht wollen, nicht draußen sein, nicht heraustreten, nicht treten, reten, reden, retten, doch retten, lieber retten den Körper, raus, rüber, probeweise mal, Herr Lehrer, ich muß mal austreten, raustreten aus dem Schlangenei hier, dann wär das ja Haut, aus der du trittst, klar, daß das weh tut. Haut, wo soll man sich denn verstecken, du senkst den Kopf, hältst dem Mann in der Uniform deine Haare hin, das ist auch Haut, das kann er nicht dulden, er will dein Ohr sehen, ein Ohr, guckt, als ob er das lesen könnte, was die Knorpelmuster bedeuten, die sind aber klein, nicht, die Ohren, der starrt ja nur drauf, mit grauen Augen, sind braune Flecken drin, die Tochter steht weiter vorn in der Schlange, ist nicht mehr zu sehen, trägt an jeder Hand einen Koffer, zu schwer, wann ist denn Mittag, wann wird das gesprenkelte Auge abgelöst vom Ohrenangucken, der blättert und blättert in diesem Paß, er telefoniert und von irgendwo unten leuchtet es grünlich auf sein Gesicht, treten Sie zurück, ins Licht treten, gut, und jetzt der Schritt, die Stahltür, der Tunnel dahinter, Beton wieder mal, der verläßt uns nicht, wimmelt alles im Halbdunkel, Rentnerbeine und Koffer auf Rollen, ist ja noch Ostlicht, wir haben die Grenze nicht hinter uns, nur die Grenzkontrolle. Austreten.

Da geht die Liebmann mit Koffer und Plastiktüte diesen Gang lang im Dunkeln, einem Spiegelfenster entgegen, hinter dem welche sitzen, wahrscheinlich, in Uniformen, zugucken, was die Asseln so treiben, sich einen Ast lachen möglicherweise, wie man so schwitzen kann und warum diese Frau stehenbleibt, einem Mädchen zusieht, lange Locken, schwarz, die mit beiden Händen immer einen von zwei Koffern vorwärtsträgt, stehenläßt, zurückgeht, den anderen holt, um die Ecke wird es heller sein, da ist eine Kreuzung der Wege, der Raupengänge, hier unter der Erde, Neonröhren, Glühbirnen an den niedrigen Decken, darunter im Zwielicht stehn Posten herum und Menschen, die warten, warten auf die aus der Ausreisehalle, auf solche wie sie, naja klar, denkt die Liebmann, hier würde sie auch auf niemanden warten, nicht hier, in dem Loch, dann schon lieber dort oben, auf dem S-Bahnsteig, wo die Tochter jetzt ihre Koffer hinzerrt, zwei Koffer, ist alles drin, was sie braucht und was sie behalten wollte, ich geh nie mehr zurück, und ich trage das selber, jetzt Stufe für Stufe die Treppen hoch.
Der Bahnsteig oben wird leer sein, gerade abgefahren, der Zug, sie werden zwanzig Minuten warten müssen auf die nächste S-Bahn, die wie eine Fähre heranfahren, Türen öffnen und Massen alter Leute herauslassen wird, die sich mit Beuteln und Taschen, hart gefüllt wie Boxerbirnen, Wege freistoßen werden, wird warten, bis die alle weg sind, der Bahnsteig leer, worauf warten wir, wird die Tocher fragen, sie werden einsteigen und ihr Gepäck an eine Abteilwand stellen, wo es nicht auffällt, auffallen wird es erst in der U-Bahn, wird sehn, wie die Tochter den Mund öffnet, weil die Türen des Zuges sich langsam schließen – wir fahren!

Mama, Mama, wir fahren, wir habens geschafft, wird sehen, wie diese Wand, die Grenze, Pappe, Blech und Beton, sich nähert, Schaftstiefel, wie sie zurückbleibt, wie ein Feld heranfährt, breites Ufer, kahl, wächst nur gelbes Moos drauf, wird Soldaten herumschlendern sehn auf dem Schußfeld, wird immer weiter gucken können, wird die ganze Stadt sehn auf einmal, so hoch fährt die Bahn über Brücken, wird Flächen sehen – frei wie verwüstet, es stehn einzelne Häuser darauf, dazwischen die Glanzspur des Wassers, der Spree, so ein kleiner Fluß eigentlich, und vom Osten wird sie gar nichts mehr sehen, der ist weg, jetzt schiebt sich ein Sandberg heran, Güterbahnhof, Gleise, die Tochter lacht laut, zeigt auf Neubauten, kann gar nicht aufhören zu lachen, guck doch mal, guck doch mal, Blumen am Fenster, Blumentöpfe am Fenster, Geranien, Geranien, im Westen Geranien, ich lache mich tot, und die Frau daneben, die Liebmann, wird denken, ich auch, ich sterbe, es war niemand da.

Ich bin heute schon früh um fünf aufgestanden, dunkel draußen, gegen sechs über den Hof gegangen, es schneite, auf der Straße blaues Licht von drei Feuerwehren, die packten gerade zusammen, auf dem Bürgersteig Wasserstreifen, gefroren, in der U-Bahn Arbeiter, Arbeiterfrauen, Ausländer, braune Gesichter, die Jungs, rauchen, husten mit offenem Mund, am Zoo war der Schnee grün von Leuchtreklamen, Straße frei, Bahnhof leer, und kaum war ich oben, zog eine Lokomotive den Zug in die Halle herein, voll besetzt, weiße, dicke Personen schliefen schon in den Abteilen, die Hälse verdreht, eine Fahrt nach Stuttgart dauert zehn Stunden, ich ging durch mehrere Wagen und stieg wieder aus – angekommen, so früh am Morgen! Erst mal frühstücken, hier in Berlin.
Gegenüber im Pressecafe war die Tür eingeschlagen, die Risse im Glas überklebt, Penner an allen Tischen, Arbeitslose und die Stammgäste aus dem Osten, seit die Grenze weg ist, sind das ja die meisten, zwei Polen riefen den Kellner und erhielten ein Schlüsselbund, ich bestellte Kaffee, Croissants, schlug die Zeitung auf, keiner weiß, stand da, wie viele Ölfelder brennen am Golf, und die Bodenschlacht könnte heute beginnen, in Moskau verlangen Obristen die Macht, las ich auch, dachte, die Truppen von denen werden jetzt auch grade frühstücken hier bei Bernau und in allen den großen Kasernen rings um Berlin, aber die kriegen Tee, die Soldaten, über dem Rand der Zeitung sah ich den fetten Kellner mal links und mal rechts in dem Raum sich bewegen und Männerköpfe, allein und faltig, eine Kaffeetasse auf jedem Tisch, Morgenlicht langsam, draußen schneite es immer noch, zum zweiten Mal seit zwei Jahren, das erste Mal war gestern.
Das wär mal ein Tag für den Tiergarten, dachte ich und

stellte mir die Goldfigur auf der Säule jetzt vor, Scheinwerfer, Autos ringsum, Großer Stern, wie sie schreitet da oben und Schnee darauf fällt, und fühlte mich richtig zu Hause.

ABER GESTERN,
WIE WAR DAS GESTERN?

Es steht die Victoria golden wie immer im Tiergarten über dem Kreisverkehr, Berlin unterwegs, alles dreht sich, das kleine, versperrte Berlin in den Mauern bewegt sich an dieser Stelle als Rad um die Frau herum, die Autos glänzen, auch wenn der Himmel bewölkt ist, sie glänzen, sie fahren in alle Straßen rein, so und so, so rum, so rum, ist alles nicht schlimm.
Die Liebmann liegt in einer Kammer, Mädchenkammer, hat ein Flüchtling aus Persien ihr tapeziert, gestrichen hat sie sie selber und die Matratze noch eingebaut, drei Etagen hoch über dem Hof, hier dreht sie sich ein, hört auch Schritte da unten auf dem Beton oder wenn jemand den Deckel einer Mülltonne zuschlägt. Aus dem Fenster könnte man die Wand gegenüber sehen und Fenster mit alten Gardinen hinter den Scheiben, die Liebmann hat auch einen Vorhang hinter die schmale Scheibe gehängt, ein Stück Samt, den hatte sich ihre Mutter früher einmal an die Wand überm Bett genagelt, und auf diesem Bett hat die Liebmann als Kind mit der Hand diesen Samt angefaßt, das war auch in Berlin. Jedesmal, wenn die Liebmann über den Hof geht, sieht sie, wie schief dieser Lappen, Monate sind schon vergangen, Winter ist jetzt, sie zieht einen Fellmantel an, wenn sie rausgeht, Karnickelfell, schwarz, aus dem Altwarenhandel, im Vorderhaus ist ein Gemüseladen, aber meistens liegt sie in dieser Kammer, und wenn sie überhaupt etwas denkt, denkt sie: Du.
Da liegt sie und spürt ihn, er liegt neben ihr, du, denkt sie, du, ist das möglich, daß sie so etwas Falsches auch fühlt, wie ist das alles möglich, hört manchmal im Nebenzimmer jemanden auf dem Fußboden springen, das ist die Tochter, übt Tanzen im Westen, hopst und wächst, dieses

Kind, kriegt ein rundes Gesicht, und die Liebmann hinter der Zimmerwand redet sich zu, sagt auch du dabei, du, du steh auf, du, wir helfen wir doch, wir trinken jetzt was, und wir ziehen dich an, was Warmes, was Weiches, ach, spar dir die Mühe, denkt sie am Ende, denn es fühlt sich hier niemand angesprochen.

Ach bleib doch, wie schön, daß du da bist.

In ihrem Zimmer ein Ofen und ein Ledersofa, hier gekauft im August. Sie wollte ihm zeigen, denn es war ja nicht so, daß er gar nicht gekommen ist, ihm also zeigen, wo die Tochter tanzt, einen Mietshaushof, klein, eine winzige, gelbe Fabrik, dicke Buchstaben an der Klinkerfassade, der Name des alten Besitzers, Efeu wuchs drüber, Sonne drauf, Sommerabend, die Fenster oben geöffnet, von dort kam Musik und Geräusche vom Aufschlagen nackter Füße auf Parkett. Parterre im dunklen Treppenhaus steht eine Tür auf, dahinter Möbel, die ganze Etage voll, Stühle, Tische, ein Ölbilderstapel an eine Wand gelehnt, und auf diese fällt Licht, in einer Ecke das Sofa: sanft, dunkel, zerschrammt, braun eigentlich. Die Liebmann setzt sich gleich rein, was hatte sie an, einen kurzen Rock, schwarz, Lackgürtel, und dazu eine hellblaue Bluse mit ziemlich weiten, halblangen, hochgekrempelten Ärmeln, der Stoff war gerippt. Sechshundert Mark, das Sofa, die Liebmann kauft es sofort, das heißt, du hast es gekauft, du standest vor dem Ding, hast mit der Hand darübergestrichen und ja gesagt, ja, ich will es dir schenken.

In den Ofen muß man immerzu Briketts werfen, dann bleibt er warm und glüht, aus Ritzen fällt Licht auf den Fußboden, genau in der Mitte des Raums kann sie abends, wenn sie die Lampe nicht einschaltet, auf den Dielen Feuerschein flackern sehn, es ist still, immer still, ist ein Vorzug der Wohnung, daß sie so still ist, nur das Feuer knattert, ist lauter als die Stadt, das Feuer, als das ganze Haus, als die Liebmann selber, so unter der Armlehne eingerollt.

Draußen Winter und Wind auf der Straße vorn, es ist immer windig vor dem Vorhaus, Tür auf, und jedesmal Autos und Wind. Immer stehen die Kisten der Griechin, Gemüsekisten, links neben dem Eingang, ganz oben die Lauchzwiebeln, direkt an die Hauswand gelehnt, darunter der Löwenzahn, einen Meter lang sind die Blätter bestimmt, folgen Bäcker und Kohlengeschäft, ein Pornoschuppen, zwei Kneipen und dann eine Straße, Asphalt. Auf der anderen Seite ein U-Bahn-Eingang, Schmutztreppen, Fliesen und unten Beton, Spucke drauf, und eine Zeitungsbude im Dämmerschein eigener Lampen, hier kann sie stehen, den Rolltreppen zuhören, stehen und starren, Reklamewände, bis Licht aus dem Tunnel geschoben kommt, gelb, kann einsteigen, fahren, Verrat.
Halbleer, diese Züge und still, die da sitzen, die Lumpenfiguren und die gut betuchten, mit seidenen Schals auf den Mänteln, die Frauen, mit Rouge untern Augen und Knöpfen am Ohr, Perlen drauf, Brillis, ja tut es nicht gut, hier im Dunkeln ein Glitzern zu sehen?
Die Liebmann steigt bald wieder aus, schwarzes Fell, und läuft so in den Straßen herum, Bismarckstraße vielleicht oder Wilmersdorfer, wo man oben an Ständern tausend Lappen sich ansehen kann, ansehen, gucken, die Preisschilder suchen und gar nicht dran denken, daß du um die Ecke hier irgendwo wohnst, mit einer Frau, die ich niemals gesehen habe, wir kennen uns nicht, Verrat, denkt die Liebmann, Verrat, und niemanden stört das, wenn sie so in die Kantstraße einbiegt.
Die Kantstraße pfeift wie ein Windkanal, grau, die Liebmann zum Zoo, und hier geht es nicht weiter. Bahnhof Zoo ist der Osten, die Pforte zum Osten, die Pfote,

schwarz auf die Straße gelegt, ich kenne dir, sagt sie, ich kenne dir auch, denkt die Liebmann, bleibt jedesmal stehen und sucht mit den Augen die Kamera, wenigstens eine von denen, die sie auf dem Film hat in diesem Moment: Schwarzen Fellmantel, Locken und Umhängetasche, kann keine erkennen, sieht zu, wie die Ostler, die Rentner und jüngere Leute, sind viele, die offenbar auch einen Paß haben, reingehen, rausgehen, das sind alles Reisende, für uns sind Sie Reisender, hat ihr ein Grenzer erklärt, die Dauer der Reise bestimmen Sie selber in der vom Visum gestatteten Zeit. Auch als Reisende ist die Liebmann bisher nicht mehr rübergegangen, obwohl dort die Wohnung noch ebenso dasteht wie früher, Reisende dürfen alles behalten und noch mehr dazubekommen vielleicht, wenn das geht, ja wie geht das, die Liebmann ist nicht wieder rübergegangen, steht nur Bahnhof Zoo mit dem Paß in der Tasche, guckt an der Fassade hoch bis zum Dach, zu den Wolken da drüber und runter zur Brücke, Gleisbrücke über die Straße gebaut, im Schatten darunter Passanten, Gestalten in Mänteln, manche wenden ihre Köpfe nach Männern, die links und rechts neben den Bahnhofstüren sitzen und liegen, verquollen und naßgepinkelt, die Kerle, die betrachten die Paßgänger alle von unten, es ist einer dabei, der die Rolle nur spielt, denkt die Liebmann, wenn es stimmt, daß die aus dem Osten sind, die Penner hier alle, Verrat.
Verrat, denkt sie nur noch, Verrat, warum geht das nicht weg, warum kann sie nichts anderes sehen, weiß sie nicht, geht nicht und will das nicht denken, aber wenn Eva vorbeikommt, so neben ihr steht in der Küche, den Arm auf die Schulter legt, auf den Pullover, dann weint sie. Na weißte, sagt die, hast du wirklich geglaubt, aber

das war doch klar, was war klar, das hat man gleich gesehn, nein, sagt die Liebmann, sie wüßte nicht, was, und dann bleibt es beim Nein, Eva wird sich noch wundern, und erst, wenn die eine die andre zur Tür bringt, zur Straße und wieder zurück übern Hof geht, alleine, erst dann denkt sie wieder Verrat.

Weihnachten und danach dann kein Wind mehr. Die Liebmann öffnet die Vorderhaustür, alles still, warm und dunkel die Luft, morgen ist schon Silvester.
Guckt in die Tasche, der Paß ist noch drin, sie will in den Osten auf einmal, am Zoo wirds ihr klar, auf den Stufen zur S-Bahn, den ganzen Film rückwärts jetzt, kann das denn sein, die stinkende S-Bahn, die Leute, die Stufen runter zur Intershop-Bude, zur Einreisehalle, anstellen an einem Ausweiskontrollschalter, hier könnte man immer noch umkehren, abhauen, es riecht nach Dreck hier, nach Schweiß, Schlange stehen im Dunst, Paß abgeben und dann auf ihn warten, weitergehn, ein Soldat auch noch vor der letzten Tür, aufdrücken, und dann steht sie in einem Stahlboxring, Menschen warten dahinter, hundert Augen, gespannt, das war Ring frei für Sie jetzt, und sie ist die Falsche, was für dunkle, ungebügelte Kleider tragen die alle in dieser Halle, die gefliest ist bis hoch an die Decke, pißgelb sind die Kacheln im Neonlicht, raus hier und rüber zur Straßenbahnhaltestelle, da steht ja ein Bunker vor Brachland und Brandmauern, hohen Laternen, aber so war es immer, die Bahn kommt, die Raupe, wie immer, jetzt fahren und aussteigen, über die Straße, am Kiosk vorbei, zwei Minuten noch, Tür auf, ist alles so warm hier, die Türfassungen aus braunem Holz, der Schrank in der Küche, und alles Besteck liegt wie ange-

wärmt hier, das Bad sogar warm und eingestaubt, die Liebmann geht in ihr Zimmer, so hell ist der riesige Raum, und jetzt schlafen, streckt sich aus auf der Liege, schläft ein, wacht auf, weil das Telefon klingelt, nimmt nicht ab, denkt, wenn sie noch hier wäre, würde er sie noch besuchen, meine Liebe, hier ja.

Ruft Johannes an, geht mit ihm durch den Park, die Bank auf der Wiese ist naß, Sträucher schwarz, morgen ist schon Silvester. War der immer so dünn, die Finger knochig, mit denen er jetzt eine Zigarette aus der Packung zieht, sind alle zerknautscht, du hast es richtig gemacht, sagt er, ja, sagt sie, denkt schon wieder Verrat, sagt das nicht, sagt nicht, warum, denkt, daß sie gar nichts erzählt, das Wichtigste nicht, sondern jetzt von der Schule der Tochter, der Wohnung da drüben, der U-Bahn mit allen den armen Leuten da unterm Asphalt und oben, ach oben, um sechs Uhr schließen die Läden. Das wäre nun hier kein Problem, sagt Johannes, komm, wir kaufen dir was, ein paar Blumen vielleicht, und das machen sie auch. Vor dem Laden dann kann sie alles zusammen sehen: ihr Haus und die Bäume davor, die Straße zum Park und zur Kirche, denkt dabei: Eine Stunde, eine Stunde brauche ich über die Grenze, und geht.

Ein Wald ist ein Wald, warum Wald jetzt auf einmal, es regnet.
In ihrer Kammer, die Liebmann, in Decken gewickelt, hört Regen. Denkt an gestern, die Ausreisehalle, dicht an dicht Menschenreihen, es ging gar nichts mehr weiter, überall Ausreisende, wie sie dastanden mit den Listenverzeichnissen ihrer Sachen, der Sachen, die sie gerade im Koffer mit rübertrugen, ein Schub, der wohl dies Jahr noch abgebucht wurde, die Liebmann hat einer Frau in der Nachbarschlange geholfen, Seemanskisten zu schieben, zwei Stück, daß die in die Gänge der Ausweiskontrollbuden überhaupt reinpaßten, das hatte der Frau jemand ausgemessen, eine kleine Tochter ging neben ihr, Pferdeschwanz, blond, Schulranzen, Sportbeutel auf den Rücken geschnallt, und als sie zu dritt mit den Schränken dort ankamen, wo die Gänge von S-Bahn und U-Bahn sich kreuzen, ließ die Frau ihren Schrank los, hing schreiend einem Mann um den Hals, alle Menschen blieben auf einmal stehen, heulten, Filmriß, für eine Minute vielleicht, oben wars Nacht in der Bahnhofshalle, die Liebmann sah die Blonde mit Kind und Freund später ganz ruhig vor der Eisenwand auf die S-Bahn warten, dachte dann, als sie drin saß im Zug, daß die auch drin sind, und das denkt sie jetzt wieder und: Mercedes-Stern, wie der heranfuhr im Dunkeln, hört Regen. Hinter der Kammertür klappert die Tochter mit Tellern, brüht Tee auf, stellt Tassen auf Untertassen, schneidet Brot ab, und draußen Schüsse.
Das Kind, ganz in Schwarz, hat jetzt keine Zeit mehr, umarmt diese Frau aus der Kammer, die den Tisch betrachtet, einen Brie-Käse, wie er spitz übern Tellerrand ragt, es umarmt sie, sagt: Mama, du gehst ja dann auch.

Und die läuft nachts mit anderen Leuten, mit Freunden, denkt sie, durch die Kantstraße, Leibnitz, Fasanen, mal näher, mal weiter entfernt von der Straße, in der du lebst, du bist da, bis sie schließlich dann Grolmannstraße noch Plätze kriegen an einem Holztisch, wie laut alle lachen, andauernd. Die beiden, mit denen die Liebmann gekommen ist, sehen sich an, ich danke dir für dieses Jahr, sagt jetzt einer dem anderen, und sie kann das hören, Mitternacht stehen alle, die drin an den Tischen saßen, vor der Kneipentür, die Liebmann ist die Frau in den Jeans, Bluse grün, mittelgroß, Lippen rotgemalt, die nach links und nach rechts guckt und lacht, eingezwängt zwischen anderen, ebenso stehen vor allen Hauseingängen Menschen, zusammengedrängt, sehen auf Funken, Raketen, die hochfliegen, hoch, runterfallen wie Regen, und was gar nicht mehr aufhört, ist roter Qualm, kommt von oben, von einem Balkon.

Die ganze Nacht steht das Telefon neben dem Bett, und jetzt scheint schon wieder die Sonne.

Immer häufiger geht die Liebmann nun doch in den Osten, und wenn sie so Invalidenstraße zwischen Metallzäunen, Schlagbäumen und auch vereinzelten, grünlich gekleideten Grenzsoldaten dem Drahtzaun sich nähert, der Drahttür, die sie von innen aufklinken kann, hat sie auf hundert Metern schon alles vergessen dort hinter sich, alles, die Tochter sogar, die Hand an der Klinke der Drahttür, Blick auf Grasboden, welk, und das große deutsche Naturkundemuseum, das darauf steht, in der Wärme, im März, in der Stille, weiß sie gar nichts mehr, gar nichts, weiß nur noch Verrat, auf der Raseneinfassung

sitzt immer ein Mensch, und der starrt auf den Zaun, wo jetzt das Schloß zuschnappt hinter ihr und vor den Augen dieses Mannes und der Frau, die da ausruht, breitbeinig, breitärschig, wie man hier wird und wie es einem egal ist, am Schlesischen Tor ist der Rasen auch eher gelblich als grün, Schäferhunde, ihre Herrchen auf Bänken starren gradeaus, sehn den Fluß, eine Ziegelsteinbrücke, Wachtürme – ein Dreckrand aus Knüllpapier, Dosen und schmutzigen Schwänen schlägt an alles, was hier fest ins Wasser gebaut ist. Wer rübergeht, kann von der nächsten Brücke auf diese hier gucken, sieht weites, helles Gebiet, das bewegt sich wie Glibber, das Wasser, und glitzert dann doch, wenn die Sonne drauf scheint, und Bornholmer Straße läuft man in einem Zaunweg, Raubtiergang, fünfhundert Meter bergab, die Wachmannschaft, übers Gelände verteilt, pfeift und grölt.
Ich komm hier nicht raus.

Einmal fliegt sie nach Westdeutschland, beim Aufstieg Regen, aber beim Rückflug nach Tegel sieht sie zum ersten Mal Berlin ganz. Zuerst die Betonmauer, Erdstreifen, Scheinwerferlampen, danach eine Landschaft aus Dächern, rot, die bedecken gewaltige Blöcke, schwarze Schächte drin, Höfe, spitz und rechtwinklig alles von oben, fleischrot, die Liebmann glaubt erst, daß das Anstalten sind, aber welche, so riesig, so viele, es fällt ihr nicht ein, es sind aber Häuserkarrees, und an dem Bullauge in dieser Kiste, PANAM, die mal links und mal rechts geneigt tiefer fliegt, mal über Ostberlin, Westberlin, Grenze, starrt sie und starrt auf das Bild da unten, das Karo, das drunter liegt unter allem, die Form.

Und es ist auch nicht wahr, daß er niemals anruft, wahr ist, er ruft an und ruft nicht an, er sagt, daß er kommt, und er kommt und kommt nicht, spricht in der Nacht aus dem Telefon, seine Stimme, weckt sie aus dem Schlaf, morgens weiß sie nicht, hat sie geträumt, sie wartet auf ihn, wartet nicht, rennt raus aus der Wohnung, und bei der Gelegenheit sieht sie im U-Bahnhof Kurfürstenstraße einmal Mäuse zwischen den Gleisen laufen, die leben da unten, geht auch, läßt eine Bahn nach der anderen abfahren, guckt ihnen zu, die sind immer noch da, und warum das wichtig ist, weiß sie nicht, diese Mäuse und die eigenen schmutzigen Schuhspitzen, denn ehrlich gesagt sind diese Schuhe durchgeschwitzt, die sie trägt und betrachtet so nachts auf dem Bahnsteig. Geht Schuhe kaufen am nächsten Morgen, andere, nicht mehr silbern mit Bunt, und wirft diese glitzernden Dinger auf dem Hof in die Mülltonne, läuft mit neuen Schuhen zur U-Bahn, die ihr wie ein Wohnzimmer vorkommt, eingerichtet mit Zeitungen, Zigarettenreklame, trifft Bekannte inzwischen und immer Verrückte, die laut vor sich hinreden, und wenn man sie ansieht, dann sagen sie: Du.

Schluß, aus jetzt, sie nimmt nicht mehr ab, wenn er anruft, will ihn nicht mehr sehen, da kommt er. Er steht vor der Tür.

Kann Liebe verlorengehn? Nein.

Das ist jetzt was anderes. Er liegt neben ihr, wenn sie die Augen öffnet morgens, dann atmet er, Augen zu, sie kann nur Haare sehn und einen Haufen, halbrund, unter Dekken, und dieses Faltengebirge aus Decken und Kissen ist voll Atem, Geräuschen, von Zeit, über die sie nichts wissen, zufrieden. Aber nachts ist sie wach, warum kann sie nicht schlafen, sie nimmt ihre Decke, geht raus in die Kammer, oder er steht auf, geht, wer alleine bleibt, schläft sofort ein, zerschlagen, wovon denn, am Morgen trägt einer sein Deckbett zum andern zurück, und der hebt seinen Arm, zieht den anderen zu sich heran, morgens liegen sie nebeneinander unter zwei Decken, wo eine jetzt reichen würde, umarmt, angeatmet, bis einer dann wirklich schläft oder beide, zufrieden.

Morgens täglich jetzt Frühstück, er sitzt neben ihr, weich vom Schlaf, und die Augenfarbe wie bei Neugeborenen dunkel vermischt, sieh mich an, das sagt sie, das sagt er, und dann geht er, und schon eine Stunde danach denkt sie, jetzt ist er weg.

Einmal steht Johannes im Treppenhaus, in dieser grünlichen Hausflurbeleuchtung, weil er raus durfte für eine Woche, und lächelt, so wirst du lächeln, sieht sich um in der Küche, die Tochter kommt aus der Schule, er hat etwas mitgebracht, eine Zeitung von drüben, dann essen sie alle zusammen, Eierkuchen im Küchendunst, eine Stunde lang ist das auf einmal Zuhause hier, Fenster auf, Eierkuchen und dann noch Melone, die Tochter kam mit Melone die Treppe hoch, sie hat Appetit auf Melone, alle Tage schon, Glitzerfleisch in zerbrochenen Stücken, ihr Gesicht darüber ist rund, lacht, beißt rein, schwarze Kerne, spuckt aus und will gleich wieder gehn, oder möchte Johannes das auch mal sehen, ein Cafe hier gleich um die Ecke, hm, sagt er, hm, und die Stunde ist um, er schweigt, und dann geht er, fährt weiter, will eine Woche später erst reden, nachts am Telefon, aus einer Berghütte, Alpen, daß er nicht in den Osten zurückfahren will und morgen zurückfahren wird, eine Stunde lang kommt in Charlottenburg an: Weinen und Schreien aus einer Berghütte, Alpen, Johannes, dann will er, daß sie ihm verzeiht, diese Störung, legt auf, ist verschwunden, wenn der Liebste schließlich kommt, und warum erst halbeins in der Nacht, und sie von dem Anruf erzählt, sagt er – schlimm, und mehr nicht. Er will schlafen, es ist ja schon spät. Irgendwas stimmt nicht. Seine nahen Augen am Morgen und das Schweigen am Abend, der Abend fällt aus.

Ist er früher gekommen, dann sitzen sie in der Küche und trinken was, Wein, sie reden, umarmen sich, sehen sich an. In den Zimmern sitzen sie nie, die sind klein und auch dunkel, zwei Zimmer, die Tochter ist längst ausgezogen, wohnt ein Stockwerk tiefer, ein Tisch fehlt, bemerken sie an solchen Abenden jedesmal wieder und vereinbaren, einen zu kaufen, morgen. Am nächsten Tag läuft die Liebmann herum, sieht sich Tische an, große und kleine, alleine, er hat keine Zeit. Also brauchen wir auch keinen Tisch. Doch, natürlich, nur abends, da laufen die Filme, er schreibt über Film, das ist Arbeit für ihn, und er will auch noch seine Kinder besuchen, sie möchte doch arbeiten, braucht sie nicht Ruhe? An gewöhnlichen Abenden ist sie allein.

Je mehr Zeit vergeht, denkt sie, sie schafft das nicht, und das alles vergißt sie, sie will es nicht wissen, wenn sie aufwachen nebeneinander, umarmt, und sich ansehen, lachen, wenn ein Tag ist, an dem er nicht weggeht, wenn es schön sein soll, Sonntag.

Licht durch die Vorhänge, Sommer draußen, ein Bäcker, der Himmel über dem Vorderhaus blau, Hitze, das Auto ist aufgeheizt, Wind weht rein, fahren, rausrollen durch die Grenze ins Grüne. Er wohnt zwanzig Jahre in Westberlin und kennt das nicht, wußte nicht, wie es weitergeht hinter der Mauer, auf Landstraßen, leer und Kastanienalleen, dann der Wald vor Berlin und ein See im Wald, still, klatscht ans Schilf in der Sonne, das Wasser. Lichtstrahlen wackeln drin, wackeln auf deinem Bauch, die Schatten, die sich im Wasser bewegen, sind Karpfen, Sandwege führen überall durch den Wald, die sind warm, man kann barfuß gehen, die Liebmann weiß nur noch so ungefähr, wo es langging, als sie einmal hier war und als es hier schön war, sie will, daß es schön ist, ich zeige dir, sagt sie andauernd, ich zeige dir, irgendwo stand hier ein Haus, das zusammenfiel, Garten mit Bretterzaun, Birnbaum davor, Schuppen im Gras wie in Wiesen versunken – und dann steht das auch jedesmal da in der Sonne, das Haus mit dem Loch im Dach, Birnbäume, Bretterzaun, die Schuppen sinken und stehen so da, nirgendwo Menschen, nur von weitem sind Stimmen zu hören am See, Abendsonne, meine Haare schwimmen weit weg von mir, und dann spät wieder reinrasen in die Stadt, an die Mauer und halten, die Pässe vorzeigen, warten, dann hebt sich der Schlagbaum und durch, gradezu auf die Siegessäule, die glänzt über allen Paradestraßen, bis zum Kaiserdamm liegt Berlin offen da, nachts um elf, in Charlottenburg wird im Freien serviert und schon wieder die Zeitung verkauft.

Westberlin an so warmen Abenden, Blech an Blech, aus dem Auto gesehen, das glänzt, es glänzen die Scheiben der Restaurants wie Lichtbilder, wie Reklame, Reklame für uns, wenn wir drin sind, in Farben, Musik, zwischen Gesichtern mit glatter Haut, Westhaut, sagt die Liebmann, so ausgeruht, ahnungslos, hat sie mehr Ahnung, ja, sie weiß doch, was los ist, hier rings um Berlin, der Osten, der machts nicht mehr lange, und wir – nein, sagt er, alles bleibt, wie es ist, und dann fahren sie Lachs essen unter Bäumen, Rosé trinken, Weißbrot dazu, angewärmt, in Servietten gepackt, und danach ein Dessert, schwarz und weiß auf dem Teller, eine Himbeere liegt noch daneben, darunter ein Pfefferminzblatt, war das schön gestern, ja.

Als ob jeder Tag so gewesen wäre: Sprung in die blaue Farbe.

Wegen der Hitze vielleicht oder weil es so leicht ist auf einmal, alles haben, oder weil soviel Wasser ist überall, das Wasser in diesem Sommer ist der Lankesee, Schillersee, Havel, die Oder glänzt flach in der Sonne, Wiesen grün ringsherum, und wenn sie die Augen aufmacht, sieht sie ihn über sich, sein Gesicht, und drumrum nur die Farbe Blau. Es kann still sein auf einer Wiese, im Wald, Leute sind still in den schattigen Kneipen am Sonntag, aber sie sind gar nicht still, es ist überall Ton zu den Bildern, nicht wie sonst, nicht so richtig, kann sein, die da reden, die hören sich selber nicht zu, kann das sein, sind mit ihren Gedanken woanders, sind dabei, daß sie eingesperrt sind, halbe Kraft in der Stimme, die können nicht mehr, aber wie können, was können, es ist nicht richtig, denkt die Liebmann, hier sein ist nicht richtig, in diesem Sommer, seit Monaten Hitze, der Himmel sieht davon schon lila aus, lila, nicht blau, es war niemals so still.

Sogar wenn sie auf diesen Oderwiesen, in dieser Ebene mit Trampelpfaden um Strauchinseln rum und den Hang hoch stehn Bäume, die Äste bewegen sich, riesig, unter dem Blau, und nirgends ein Mensch – wenn sie in dieser Ebene plötzlich ein Gasthaus finden mit einer Hochzeitsgesellschaft, Terrasse, Musik aus dem Saal und Sieg-Heil-Rufe, Lachen, ist es doch still, wegen der Hitze vielleicht oder weil es verboten ist, es hat scheinbar auch niemand etwas gehört, oder weil diese Oder so langsam fließt in ihren eingetrockneten Rändern oder weil allen Männern auf der Terrasse die Schultern so runterhängen über den Tischen, mit Blick nach Polen, auf deutschem Ufer, das nicht bewacht wird – wer will denn da rüber, sagt einer, und wer will denn zu uns. Mit dem Rücken zu diesem Gasthaus sitzen auf Gartenstühlen unten am Ufer Mann und Frau, alte Leute seit Stunden ganz unbeweglich, wie aus Plastik gegossen, und einer der Männer von der Terrasse kommt noch gelaufen, wenn das Auto schon startet, will den beiden da drin einen Zettel durchstecken mit seiner Adresse, falls sie noch mal herkommen wollen, Besuch aus dem Westen, er würde sich freuen.

Es ist nicht jeder Tag so. Was jeden Tag ist: Sie wartet. Die Tochter kommt mit Melone die Treppen hoch aus der Schule, Appetit auf Melone, immerzu will sie plötzlich Melone essen, rot und grün, aufgebrochene Stücke, darüber das runde Gesicht, lacht, beißt rein, schwarze Pünktchen, spuckt aus, meine Liebe, ist gleich wieder weg, Treppen runter, Melone, zwischen Mietshäusern, Häuserwänden, ein Straßencafe, dort will sie sitzen, eine Tasse festhalten, austrinken, was drin war, sie begegnen sich nur noch im Treppenhaus, dunkel, das Kind, festgehalten von einem Mann, an der Liebmann vorbei, bis nachher, bis bald.

Es geht gut, ist die Antwort, wenn Anrufe kommen aus dem Osten, die Stimmen weit weg, sind kaum noch zu hören, die Leute, und das Wasser in diesem Sommer, das ist auch ein Kunstteich, hellblau, im Innenhof eines Hotels, in der Mittagshitze, im Süden, während er eingeschlafen ist, neben ihr, neben mir, sie betrachtet ihn, ich beschreibe dich so: einen weichen Bauch, ein braunes Bein, ein Geschlecht, das unter ein Feigenblatt paßt, und ebenso zart kleine Locken ringsrum, schwarz bis zum Nabel, das andere Bein liegt im Schatten, nur die Zehen sind wie Radiergummis, hell, abradiert, gutmütig, schlafend, mit offenem Mund liegt er da, eine Schulter ist rund, und der Arm daran kräftig, liegt weit ausgestreckt auf dem Bett, der andere auf ihrem Bauch wärmt ihre Eingeweide, und das verbindet sie, in dem Innenhof draußen planscht Wasser, Leute lachen und quietschen, sie sieht, wie er lächelt im Schlaf, sein Geschlecht dabei größer wird, Wasser ist zuletzt noch heller, noch blauer ein See in der Schweiz, Dunst vor Felsengebirge, auf der Seepromenade laufen oder fallen von einem Bein auf das andere kleine Mädchen in Spitzenkleidern, Maama, Maama, ruft eines in slawischer Intonation, und weit vorn bleibt ein großes Mädchen stehen, nackte Schultern, ein Goldkettchen klebt ihm am Hals, die Liebmann dahinter bleibt auch stehn, es steht jetzt das Kind, glänzt und glitzert in Weiß, Augen braun, und betrachtet das Felsengebirge überm anderen Ufer, solche Ruhe hier, der Liebste ist abgefahren, er wird noch Zeit mit den Kindern verbringen, mit seinen, sie soll nicht dabeisein, sie ist hiergeblieben, am See, starrt solchen Kindern nach, solchen Kleidern, aber einmal am Zeitungsstand sieht sie auf einer Zeitschrift aus Deutschland als Titelbild Stacheldraht, aufgeschnitten, Massenflucht steht darunter, und mit diesem Ding auf dem Schoß sitzt sie am Ufer und starrt auf den See, irre Lust auf ein weißes Kleid.

Bruch und Gong, eine Schleuder, erst langsam, dann schneller, und zuerst drehn sich wohl diese weißen Kleider, bis alles in Fetzen und Stücken herumfliegt als ein Saturnring, die Bilder verklumpen, DU ist die Achse, um die sich das dreht, aber kann die das halten, du rufst mich doch an, es dreht sich die Stadt, und die Grenze zerbröselt und fliegt durch die Luft, Gesichter, lächelnd, der Grenzpolizei, kannst du schlafen, wieso schlafen, keiner kann schlafen, schläft also keiner, nachts von den Adressaten, an die sie Gedanken verschickt beim Rumdrehen, Aufstehen und wieder Hinlegen, den anderen suchen, der längst aufgestanden und in andere Betten, in leere Zimmer gegangen, erkältet, sagt er, ich will dich nicht wecken mit Husten, dabei ist doch Fieber auch Wärme, Westberlin voller Fremder, sind alles Berliner, Kapuzenmäntel laufen wie schlafend den Kudamm entlang, wie die Ströme von Menschen sich vorwärtsschieben durch offene Löcher, denn am Bahnhof Friedrichstraße ist tatsächlich die Wand durchgehackt an zwei Stellen, da sieht sie, wenn sie ganz hinten im Strom steht, wie die Köpfe dort vorn immer höher hinauf und ins Licht rücken, über Kanten und Stufen ins Freie, die Ameisenstraße, verdreht kommt sie raus, das Telefon klingelt, Johannes, besuch mich, die Verbindung Ost-West ist noch schlechter als früher, die Stimmen verfliegen, besuch mich, der Park fliegt herum, die Sträucher, Gebüsch, kleine Blätter im Sonnenlicht, wenn man schnell dran vorbeigeht, erscheinen dahinter in Zeitlupe, Film, die bekannten Wiesen und einzelne Bäume, die schweben vorbei bis zum Krankenhaus, Johannes steht mitten in einem Zimmer, mit dem Rücken zur Tür, und bewegt nur den Kopf, wenn sie eintritt, dreht ihn rum, klein auf einmal und schwitzig die

Haut auf der Stirn, jetzt ist es gerade nicht gut, sagt er, steht im Bademantel, der Mantel ist rot, dunkelrot und zusammengeknotet, der Lappen, gehn wir auf den Balkon, der fliegt öfter vorbei, gebaut aus Betonplatten, Grind aus Dreck blättert ab, da guck dir das an, schreit Johannes auf einmal, halt mich fest, und der Nachmittag dreht jetzt heran, wo die Straßen voll sind um die Friedrichstraße, auf der Wiese vor dem Zentralkomitee, dem Werderschen Markt also, sitzen Menschen, so viele, ein Teller, der dreht sich, Musik dazu, Wahlnacht, die Abwahl, da bist du ja wieder, deine nahen Augen, dein Arm, halt mich fest, so umarmt laufen wir durch das Weiche hier, weich kann die Stadt sein im Drecklicht, der Wärme, und der erste Kellner dreht sich vorbei, der sechs Mark kassiert für zwei Rotwein um sechs, und sagt, CDU hat gewonnen, woher weiß der das jetzt um die Zeit, und schwebt weiter, das gefällt mir auch nicht, war sein letztes Wort, junge Männer in Anzügen steigen plötzlich aus glänzenden Autos und schieben die Leute beiseite, die Innenstadt hebt sich im Sparlicht des Ostens, Tumult, aber zwei Ecken weiter, am Hausvogteiplatz, ist alles leer, es glänzen die Pflastersteine, und die Häuser erkennt man nur bis zu der ersten Etage, so hoch reicht das Licht der Laternen, da drehen sie durch wie durch Tunnel, und alles darüber ist schwarz. Ich zeige dir jetzt, sagt die Liebmann schon wieder, ich zeige dir, wo ich gewohnt habe, da steht sie ja, ihre alte Haustür, Granitplatten liegen im Gehweg davor, um die Ecke die Spree, an das Ufer hat eine Kneipe zwei Tische gestellt bei der Wärme, aber alle, die daran sitzen, die schweigen, als ob ihnen was auf den Kopf gefallen ist oder auf die Füße, und das Wasser schwimmt weg, es wehen auch Fahnen auf Hochhäusern, schwarz-rot-gold, und lange hält sich und dreht ihre Runden eine Grenzkontrollbude aus dieser Nacht, Invalidenstraße stand sie, war überfüllt mit vier Offizieren, die Musik dadrin hörten und lachten dabei, was lachen Sie denn? – Na, wir haben gewonnen! sagt einer, gewonnen ham wir: CDU! und lachen und lachen, wenns hell wird, dann krumpeln die Häuser zusammen im Sommerlicht, grell und erwärmt, so ergeben, zerbrochen, in Haufen und Brocken, wegwischen geht nicht, das bleibt und dreht rum, es ist Frühling, in Pankow, am Park liegt Johannes im Sterben, seit wann seid ihr denn Christen, ihr Geldgierigen, steht an der Mauer, die vor seinem Haus einen verwilderten Garten versperrt, die Kastanie darin reicht hoch bis zum Fenster in der dritten Etage, dem einzigen Fenster in einer Brandmauer, hinter dem liegt Johannes, jetzt ist er schon eine steife Gestalt unterm Laken, die Arme unter den Kopf gebogen, die Zähne zu sehen im trockenen Mund, betrachtet den Rittersporn, blau, aus der Bundesallee, ihr Gesicht, vom Laufen verschwitzt, naß vom Regen, der sie gerade erwischt hat, ein Sommerregen auf den Stufen vom Rathaus abgewartet, aber nicht ganz, weil sie es eilig hatte, bunt im Gesicht, bunt und naß über ihn gebeugt, dreht sich, seine Augen sind größer bei jedem Besuch, blauer, die Haut immer dunkler, und du weißt ja das Neuste noch nicht, sagt Johannes, ich kann nicht mehr gehen, im Liegen balanciert er einen Becher Milch an den Mund, und der dreht sich weg, aus dem Fenster sieht sie auf die Baumkrone runter, Kastanie, die Blätter verschieben sich immer im Wind, in der Küche erzählt seine Frau, was er gesagt hat, gestern. Wenn ihr durch den Park geht, dann sollt ihr nicht sagen: Hier sind wir mit Johannes

gewesen. Was solln wir denn sagen, ihr sollt sagen: Hier ist es wieder schön.
Johannes, der guckt an die Decke, Mund zu, komm wieder nach einer Stunde, zwei Tagen, nach drei, noch drei. Er hebt die Hand und winkt.

Im Traum geht die Liebmann durch Wohnungen, dunkle, verschachtelte, Häuser stehn schief, mit Löchern im Boden, Treppen, die Stufen verrutschen wie Bauklötze, immer dasselbe, jede Nacht, und am Morgen der Liebste beim Frühstück, beim Zeitunglesen, zuckt die Schultern, sagt: Schlimm.
Warum will sie weg und wohin und vor allem, warum soll er Pläne machen, was für welche denn überhaupt, ich verstehe dich nicht, steht auf, geht zur Arbeit, hat auch abends zu tun, die Leute, die er dann trifft, werden sie sowieso nicht interessieren, aber sie kann ihm vielleicht sagen, was das ist, Borchardt, soll im Osten eröffnet haben, so ein Lokal, wo sie alle jetzt hingehn, nein, kennt sie nicht, und sie will das ja auch, arbeiten, kann nicht, es rutscht alles weg. Wenn sie in der Wohnung bleibt, wartet sie, daß er wiederkommt oder sie anruft zumindest, wenn sie weggeht, abends, dann dehnt sie das aus, will nicht die erste sein in der leeren Wohnung, aber wie sies auch zieht, die Fenster oben über dem Hof sind dunkel, wenn sie kommt, und wenn er dann kommt, sieht er zur Seite, warum soll er sagen, wo er grade war, dieser Blick, so zur Seite, der bringt diese Scheibe, die Platte, den Streifen ringsrum immer schneller ins Drehen, jetzt kommst du dran mit Fliegen, er ist ja schon weg, geh doch weg, warum haben wir immer noch keinen Tisch, warum suche ich eine Wohnung, warum umarmst du mich, wenn

du die Wahrheit nicht sagst, welche Wahrheit, ich weiß doch nicht, welche, wenn wir schon fliegen, da zieht ja auch Manne vorbei, sein Gesicht ist dicker geworden, die Haare grau, keine Zeit, er hat keine Zeit, er beißt gerade in den sauren Apfel der Demokratie, entwickelt für seine Partei ein Steuerrecht, neu, nach den Grundsätzen christlicher Ethik, und wenn er das Haus kaufen darf, dieses Haus mit der Werkstatt und dem Büro, dann kann sie bei ihm wohnen, im schönsten Zimmer, und er zeigt ihr das Zimmer, das ist ja das Zimmer, wo einmal die große Frau Schulz gewohnt hat, steht immer noch leer, das Parkett ist gewellt, regnet durch, Dach kaputt, aber schön, ist doch schön, nicht, sagt er, und sie nickt auch dazu, hängt mit dem Kopf schon nach unten, fällt auch tagsüber jetzt schon in Löcher, steigt Treppen hoch, sucht eine Wohnung, im Osten, im Westen, egal, eine schönere Wohnung, steht vier Treppen hoch über der Brunnenstraße eines Tages am Fenster und sieht auf den Rosenthaler Platz, diese Kreuzung, die Bahnen kreischen in ihren Schienen, die überkreuzen sich, und in Schwaden lassen die Ampeln von allen fünf Seiten die Meute der Autos mal links und mal rechts lang, es ist alles schwarz, die Autos da unten, die Häuser, die Schatten, die Kleider der Leute da unten sind schwarz, so scheint es, sie quellen aus einem Loch direkt unter dem Fenster, das ist das U-Bahn-Loch, das ist wieder geöffnet, da kommen sie, gehen sie, gehen jetzt weiter, zur Kreuzung, fünf Strahlen, ein Körper, so stumm, der gestern noch neben ihr lag, unter ihr, so weich, ausgedehnt, lange Strecken, die Arme, die Beine, der Hals, langzustreichen, dreh dich um, jetzt der Rücken, die Schultern, darunter im Schatten die Achselhöhlen, die riechen nach Schweiß, es wird dunkel, beweg dich, wie die Kreuzung da unten, der Platz immer schwarz wird von Fahrzeugen, Menschen in allen fünf Richtungen, fünf, und mit fünf kommt das Rad in Bewegung, es sinkt eine Taube am Fenster vorbei, Granatenflug abwärts, der Dreck macht sie schwer, wohin führt diese Flügeltür dort, in ein dunkles Zimmer, mehr sind es nicht, zwei, ach das wäre dann auch für zwei Personen zu klein, und weiter, die nächste Wohnung, ich bin heute schon früh um fünf aufgestanden, dunkel draußen, der Küchentisch unaufgeräumt, Radio an, da ist immer Musik drin, hol ich Brot raus, kein Hunger, die Nachrichten, kann das sein, daß wir beide an diesem Tisch ein Jahr lang gefrühstückt haben, nein, beinahe zwei, kann sein, das war jetzt was anderes, deine Augen, dein Arm, gib mir die Hand an der Tür, und das kann es doch geben, an diesem Morgen im Winter, im Pressecafe, kam sie früher zurück in die Wohnung, und er stand da und packte sich Sachen zusammen. – Warum? – Ja, warum, weiß man immer, warum? Ich habe für mich eine Wohnung gefunden. Ja, Wohnungen gibt es am Funkturm, an den Yorkbrükken, an der Bartnigallee, Linienstraße, Chausseestraße und weiter, weiter, bis die Kraft nachläßt, langsam, wenn schließlich alle die Brocken zu Boden sinken, Ruhe, dann ist es aus.

Das war wohl ein schlechter Traum. Aufgewacht bin ich in der alten Wohnung, in Pankow, zwischen lauter Kisten, darin liegen die Sachen, die in Charlottenburg standen. Wenn das Telefon klingelt, will jemand den Menschen sprechen, der hier gewohnt hat, zwei Jahre lang, der ist weg, sage ich.
Manchmal sehe ich dich, ein paar Sekunden, wer ist das, denke ich, so was Schönes, und dann ist das weg, dann gibt es nur mich, ich, ich, ich, ich denke, ich mache, ich wollte, ich – widerlich.
Aber nachts, Licht von links auf das Blatt in der Schreibmaschine, liegt die Hand meines Vaters darauf.
Wo kommt die her auf einmal, es ist meine Hand. Die wollte auch mit weg und weg, die wollte auch einen Menschen als ihr Zuhause, die ist auch wahnsinnig geworden daran und hat schon über dem Fensterbrett gehangen, drei Etagen hoch über dem Hinterhof, dann wollte sie anders weg, wollte nach Köln oder Rom oder sonstwohin, alles, hat auch immerzu eingerissen, die Reste noch eingerissen, in Kisten gestopft, Tränen weggewischt. Andere haben so längliche Wege, sind schon nicht mehr zu sehen am Horizont, und die rennt nur im Kreis und am Ende hierher, dreh dich um, und was siehst du – den Osten, ich kann dir nicht helfen.
Ich kann dir nicht helfen, denkt die Liebmann, wir hams nicht geschafft, und wer wirft denn alles weg, was ich schreibe, mit der rechten, wer wirft es denn weg mit der linken Hand, immer runter auf den Fußboden, jedes neu beschriebene Blatt hier in Pankow, und muß doch jetzt lachen, sie hat plötzlich Lust aufzuschreiben, wie das war, mit der Hand, wenn sie schon mal hier ist, noch da ist, nicht weg kann, dann dreh dich doch um, dreh dich wirklich um, trau dich, was siehst du – den Zaun.

IN BERLIN

Die Liebmann sieht diesen Zaun wieder vor sich, Gartenrand, Biesdorf und Maschendrahtzaun, das ist Stadtrand Berlin, und da steht sie, ein Kind, höchstens drei Jahre alt, am Zaun und wartet. Das ist eine öde Straße, einzelne Häuser und Zäune davor, gegenüber, rechts, links, die Straße dazwischen ist leer, das Kind weiß genau, es kommt hier ein Auto gefahren, und das ist das Auto mit Mutter oder mit Vater, es kommt nur, wenn sie zu dieser Ecke vorn guckt, stundenlang, den ganzen Tag. Wenn Leute vorbeikommen, dann sind das Frauen mit Einkaufstaschen, wie kleine Kästen aus Leder, speckig, wenn Kinder kommen, dann sagen sie was, aber das Kind versteht diese Sprache nicht. Im Haus ist eine Haushälterin, die kocht Essen, die spricht deutsch mit ihr, und langsam lernt sie es auch, dann kann sie verstehen, was die sagen, die am Zaun stehenbleiben, na was schon, *wartest du wieder,* sagen sie, *das ist das Mädchen, das hier den ganzen Tag wartet,* und andere Wörter hat sie nicht verstanden, zum Beispiel *beschlagnahmt, euer Haus ist beschlagnahmt,* die Haushälterin heißt Ilse, Ilse kann das Wort auch nicht richtig erklären, und der Vater erklärt ihr was anderes. Der Vater, wenn er endlich da ist, erzählt ihr Geschichten vom Lausejungen, das ist ein frecher Junge, der in Breslau lebt und macht, was er will, die anderen ärgern sich, und er lacht, dann lachen sie auch, der Vater und sie, meistens ist es schon spät, wenn er kommt, aus der Redaktion, oder es ist Sonntag, Sonntagmorgen, dann gehn sie spazieren, hier aus Biesdorf heraus, an den Bahngleisen lang in den Wald, zu den Rieselfeldern, dann erzählt er nie von dem Lausejungen, dann redet er über andere Dinge, er erklärt ihr, warum Benesch die Tschechoslowakei verraten hat und daß viele Kommunisten das Parteibuch hingeschmissen haben, als Hitler und Stalin einen Vertrag abgeschlossen hatten, daß das nicht für jeden verständlich war, der Sinn, für den Vater schon, der Vater hat alles verstanden, er hat es einem Freund in der Tschechoslowakei erklärt und vielen anderen Freunden, die ihm nicht glauben wollten und schon lange tot sind, und die Liebmann weiß noch genau, wie sie seine Hand hielt und neben ihm ging und alles hörte und alles vergaß, hörte und vergaß, und wie es sie nervte, das Vergessen andauernd, dabei erkennt sie es jetzt wie ein Teppichmuster von oben, die Freunde, diese Freunde, die tot sind und nicht begreifen, das war ja immer dasselbe, der hat ja nur laut gedacht, dieser Mann, aber sie hat sich solche Mühe gegeben, zu verstehen, ihn zu verstehen, weil, das war ja klar, er ist nur mit ihr spazierengegangen, spazierengehen hieß das, im Freien mal nachdenken, so war das also, und da war sie stolz drauf, und auf deutsch, wo er mit Mutter doch russisch sprach, alle drei zusammen auch russisch, bis sich das teilte, also sie mit ihm deutsch, mit der Ilse deutsch, mit den Kindern deutsch, dann mit allen deutsch, und die Mutter ja auch, denn sie konnte es doch, nur sie wollte es nicht. Sie hat auch, wenn alle deutsch sprachen, mit der Tochter auf russisch gesprochen, und das Kind plötzlich dann in deutsch geantwortet, gerade, denn für Russisch muß man sich schämen, aber dieser Gedanke, kam der auch von Mutter, du schämst dich wohl, hat sie gesagt, und das erste NEIN darauf, das war noch ehrlich. Das weiß sie heute noch ganz genau, diese Küche und Ilse am Tisch, die Mutter und sie, dieses Mädchen im Sommerkleid will etwas wissen, ein Wort in der Mehrzahl, heißt es: Die Fingers oder die Finger, fragt sie Ilse auf deutsch, und die

Mutter auf russisch sagt: Es heißt die Finger, aber das Kind will, daß Ilse es sagt, und warum, fragt die Mutter, wird rot dabei, glaubst du mir nicht, und das alles auf russisch, während Ilse und Kind längst auf deutsch sich sagen, daß es Finger heißt, eben: Die Finger, und die Mutter daneben sagt streng und auf russisch: Sag mir jetzt, warum du mich nicht gefragt hast, warum, und das Kind traut sich nicht, ihr zu sagen, daß eine Deutsche eben besser deutsch kann, daß das nun der Grund ist, es sieht ja, das ist der Grund, aber ein schlimmer, ein schrecklicher, denn die Mutter weint beinahe, sie ist keine Deutsche, und seitdem ist es klar, sie ist keine Deutsche, und das ist ein Grund, stolz zu sein, oder schämst du dich etwa mit mir?

Die Mutter, da steht sie, so schlank, Taillenweite 65 Zentimeter, so was wußte das Kind von der Mutter, lange Haare, schwarz, Seitenscheitel mit Pony und Innenrolle, heute weiß sie, die Modefrisur, es ist Lauren-Bacall-Zeit, Berlin, keine Mauer, Unter den Linden, da wohnt dieser Schneider, der ihr Herrenkostüme schneidert, ein braunes, ein blaues, weiße Blusen trägt sie dazu, und sie hat auch noch Kleider für schöne Empfänge, eins ist rosenholzfarben mit Schößchen, das Schößchen ist perlenbestickt, also unheimlich schwer, und ein Samtkleid mit Rock bis zum Fußboden, aber auch einen Taftrock, der wie ein Teller in der Luft steht, wenn sie sich dreht, die Mutter sagt, es ist eine volle Glocke, das tut sie für mich, sich drehen, am Abend, bevor sie geht, wenn ein solcher Empfang ist, aber oft ist das nicht, meistens wartet die Mutter ja selber, wenn sie endlich zu Hause ist, nach ihrer Arbeit, sie arbeitet ja von morgens bis abends in einem Büro, aber Vater hat noch viel mehr und viel länger zu arbeiten als sie, diesen Vater kennt jeder, er kommt von Sitzungen, von Konferenzen, kommt mit Manuskripten, mit neuen Artikeln, er kommt aus Ruinen, mit anderen Männern, er trägt einen Hut, einen Mantel mit eckigen Schultern, einen Seidenschlips, er sagt *ja* oder *nein,* er nickt oder lacht, und das machen dann alle ringsrum und verabschieden sich, und dann endlich, dann steigt er ins Auto, in dem dieses Kind mal allein mit Chauffeur mal die Mutter noch neben sich, wartet, seit Stunden beinahe, nein nicht beinahe, es sind richtige Stunden, die sie alleine drin sitzt, was sie draußen sieht, das vergißt sie niemals, diese Adler zum Beispiel, schwarze Adler aus Stein, manchen fehlen die Flügel, der Kopf, manche fehlen vollkommen, nur die Füße stehn da, auf einem graden Dach und darunter stehn Säulen, die sind auch kaputt, und auf der anderen Seite des Platzes gibts eine breite Treppe voll Schutt, einmal ist sie dort hochgestiegen, innen war eine Halle mit Goldmosaik, Stahlträger überall, alle verbogen, verrostet, von weitem lagen die Steine wie hingekrümelt auf dieser Treppe, die flach war, der Dom, hat der Fahrer gesagt, das ist der Dom, und dann zählte sie wieder die Adler, die halben, die ganzen, ihre Köpfe sind böse zur Seite gedreht, Schnabel auf, schwarze Schnäbel, so gegen den Himmel. Ein anderes Haus, das ist gelb, glatte Wände, das ist das Zentralkomitee, der Fahrer erzählt, daß die Nazis es bauten und daß es niemals kaputtgehen kann, denn sie haben sich eine Verschalung gebaut, oben dann Gleise drauf, darauf fuhren Loren mit frischem Beton, und das Zeug nur so abgekippt, es führen Treppen hoch zu dem Haus, auch so flach wie am Dom, und davor steht das Auto, ein Opel, das einzige Auto hier, grün, ein Kind drin, dem sich dieses Bild von den Stufen, dem Haus hier, das keiner kaputtkriegt, ins Gedächtnis einprägt über Stunden, denn hier um die Ecke ist alles kaputt, um die Ecke sind Straßen und Straßen aus verkohlten Wänden, so riesenhoch, pappschachtelähnlich und ausgekohlt, Schutthaufen drin, Schutt ist auch bis auf die Straße gerollt, irgendwann mal, aber der rollt nicht mehr, der ist wie festgefügt liegengeblieben, in der Mitte Asphalt für das Auto, es fährt, wenn es fährt, wenn der Vater gekommen ist oder ein Bote mit Papier, irgendwelchen Artikeln, Matritzen in die Jägerstraße, die Mohrenstraße, die Friedrichstraße natürlich, die kann sie ja auch unterscheiden, diese Trümmerstraßen, vom Auto aus, und sie darf ihren Vater auch manchmal besuchen, dann nickt der Pförtner, wenn sie ihren Namen sagt, er ruft: *Zum Chef*!, und dann läuft sie die Treppen hoch, komisch, jetzt erinnere ich mich, denkt die Liebmann, an meine eigenen, kleinen braunen Knie, in braunen Strümpfen, die eingeknickt, schnell mir entgegenkommen, wieviel Stockwerke waren das denn, also dieses Mädchen läuft schnell, immer zwei Stufen steigt es auf einmal, darum kommen die Knie der Nase so nahe, es hat Locken bis auf die Schultern, die Sekretärin streicht darüber, sie heißt Fräulein Zinn, wenn sie sich verliebt, wird sie dünn, und wenn es vorbei ist, dann wird sie dick, das hat sie mal Mutter erzählt, aber dick ist sie nie, wenn das Kind kommt, also ist sie wohl immer verliebt, ach, da lacht Fräulein Zinn, denn sie hat ja noch Tuberkulose und dreht sich, darauf ist Verlaß, daß sie einen Glockenrock trägt, bitte dreh dich noch mal, und das macht sie so lange, bis Vater herauskommt, und wenn der dann Zeit hat, dann geht er mit ihr ins Cafe, denn es gibt eins seit neuestem, in der Französischen Straße, es ist riesengroß, Fliesenfußboden, schwarzweiß, und die Marmorsäulen sind scheckig und dick, alle haben unten einen Ring aus Messing so wie Elefantenfüße, und weiter hinten ein Glasschrank mit Licht drin heißt Kuchenbuffet, Mohrenköpfe stehn drin, die bestellt sich das Kind jedesmal, weil sie immer gerade aus der Mohrenstraße gekommen sind und der Vater dann lacht, aber hier sagt er wenig, nur einmal, daß es hier früher schöner war. Er kennt das natürlich, was kennt er denn nicht, er hat vor dem Krieg hier schon Kaffee getrunken, aber selten, weil er damals im Westen gewohnt hat. Ob das jemand weiß, hat das Kind sich gefragt, es war auch schon dort, das weiß auch keiner, nein, die Ilse ist heimlich mit ihm gefahren, Ilse wollte sich mit ihrer Schwester am Gesundbrunnen treffen, Ilse wußte nicht, warum es Gesundbrunnen heißt, sie sind mit der S-Bahn gefahren, in der S-Bahn hat Ilse vom Westen erzählt, daß es *alles* zu kaufen gibt, und tatsächlich sah es in der Bahnhofshalle überall kleine Verkaufsstände, in denen es leuchtete, glitzerte, aber da sagte Ilse nun: *Das ist nichts,* und dann liefen sie eine Straße hoch wie einen Hügel, auf dem hohe Häuser standen wie Wände, und als sie an eine Stelle kamen, wo wohl ein Haus fehlte, der Boden war hucklig und Ziegelsteine ragten überall raus, da standen Tische und Gartenstühle, und Ilses Schwester, die saß da schon mit einem Mann, den hat es nach seinem Namen gefragt, und als er den nannte, da hat es gesagt, daß es noch nie etwas von ihm gehört hat, da lachten die alle am Tisch, und Ilse hat auch noch gesagt, daß es hier richtigen Bohnenkaffee geben würde, dabei bekam sie von Mutter auch immer richtigen Boh-

nenkaffee. Das war im Westen, das hat sie niemals erzählt, im Westen sind schließlich die Bösen, früher war das wohl nicht so, und zweimal fährt Mutter mit ihr in dem Auto dann später auch hin, das ist aber, weil dort ein Arzt wohnt, der die kleine Schwester operieren soll, sie hat eine Schwester bekommen, in einer Nacht, als niemand nach Hause kam und es schon dunkel wurde, bei Stromsperre dann in der Küche, da hat ihr die Ilse gesagt, daß die Mutter weg sein wird, die nächsten Tage, weil sie gerade im Krankenhaus ist, um ein Brüderchen oder ein Schwesterchen zu bekommen. Und da wurde ihr auf einmal klar, wozu diese riesige Karre aus Holz war, die wie ein Schwan mit vier Holzrädern auf der Veranda stand, daran kann sich die Liebmann genau erinnern, wie diesem Mädchen die Ahnungslosigkeit klar wurde, mit der es sich immer reingesetzt hatte und rumgerollt war, ohne zu wissen, das war nicht für sie bestimmt. Schreien lassen. Ein Kind muß man schreien lassen. Einen Säugling nach der Geburt, wenn der schreit in den Nächten, nicht hingehen, der schreit und er schreit, bis der merkt, keiner kommt, drei Nächte, vier Nächte vielleicht, dann ist Ruhe, das hat ihr die Ilse dann später erzählt, ein Kind muß man schreien lassen, wenn es auch schwerfällt, aber deine Mutter will nichts davon wissen, die Russen verstehen das nicht, dabei haben es ihr andere Frauen hier auch schon erklärt, das ist das Normale, so sind sie selber erzogen worden, von der ersten Stunde an, schreien lassen, nicht rausnehmen, nachts, bei dir hat sie es auch falsch gemacht, und sie, dieses Kind, hat ja alles geglaubt, natürlich, es wäre wohl richtig gewesen, sie schreien zu lassen, weinen.
Das Kind, das Ilse nachts bei Stromsperre ankündigte,

wurde ein Schwesterchen und mußte operiert werden, deswegen ist das grüne Auto einmal in den Westen gefahren, aber da ist sie nur mal so ausgestiegen, im Grunde, warten und wieder zurück, hat vom Westen nichts behalten als normale Straßen und die Freude, das Brandenburger Tor zu sehen und durchzufahren, denn es standen russische Soldaten daneben, und das hieß, wir sind im sowjetischen Sektor, und schon damals: bei uns.
Ahnungslos, dieses Kind, das freut sich im Auto, weil wir wieder bei uns sind, und weiß nicht, daß niemand das denkt, daß beinahe keiner die Russen leiden kann, daß auch niemand den Frauentag feiert und aus diesem Anlaß freiwillig, gerne Fähnchen auf weißes Papier malt, um das dann der Mutter zu schenken. Es gibt ein paar Kinder, die machen das auch, das sind die Kinder der Freunde, Bekannte der Eltern, die wohnen hier auch in beschlagnahmten Häusern, die kommen manchmal, aber die sind älter. Wenn sie gehen, dann muß dieses Kind hier zu Hause bleiben, steht da.
Es sind noch Hühner im Garten, immerhin was Lebendiges, und diese Hühner haben einen Blechgang vom Schuppen zum Stall, da klemmen sie fest, wenn sich zweie begegnen. Das Kind scheucht sie dann auseinander, es scheucht sie auch, wenn sie sich nicht einklemmen, es fängt auch mal eins und drückt es ganz fest, es hat ganz schöne Wut, dieses Kind, es soll nicht so wild sein, sagt Ilse, da kann man ja Angst kriegen, Angst hat es nicht, es schüttelt im Frühling die Blüten von allen Kirschbäumen ab, die Sauerkirschen haben so kleine Blütenblätter, es schneit! – Einmal ist sie im Mai durch den Schnee gelaufen, der knirschte laut unter den Filzstiefeln, Himmel blau, dunkelblau, und die Sonne

schien, der Schnee glitzerte so, daß es in den Augen weh tat im Mai, nein, April, *morgen ist Erster Mai,* hat die Großmutter gesagt, und am nächsten Morgen war Erster Mai, und es tropfte, die Sonne schien, es war heiß, es war so heiß, daß sie Kniestrümpfe anzog, da lachten sie alle, die Russen, die hatten solche Strümpfe noch nie gesehen, halbe Strümpfe, wo gibt es denn so was, das ist lächerlich, hat die Tante gesagt, zieh das aus, aber sie ist damit demonstrieren gegangen, gestern noch Filzstiefel, heute Sandalen, mit der Tochter der Nachbarin am Ersten Mai in Sibirien, denn einmal ist die Mutter nach Hause gefahren, und als es warm wurde, am Ersten Mai, roch die Straße nach Holz, denn die Großmutter hatte ein Holzhaus, mit Veranda und Keller und einem Gang nach hinten zum Garten, da konnte man sitzen und Tee trinken, das glaubte aber von den Kindern in Berlin wieder keiner, schöne Häuser aus Holz und aus Holz lauter Spitzenmuster gesägt, an jedem Haus anders, geht gar nicht, hat Horst gesagt, und sein großer Bruder, der selber Laubsägearbeiten manchmal verschenkte, der sagte das auch. Denn für Laubsägearbeiten braucht man Sperrholz, und so was kennt der Russe ja gar nicht, es würde auch im Regen kaputtgehen.
Ja, an diesen Mustern hingen lauter Eiszapfen dran.

Aber weil das nicht sein kann, vergißt sie das auch. Wie den Westen, in dem mal ihr Vater gewohnt hat. Unglaublich geheim muß das sein, sie fragt ihn nur einmal, ob er es ihr zeigt, aber es ist ja klar, diese Antwort, er hat es selbst niemals wiedergesehn, diese Uhlandstraße, so hieß das. Es geht nicht, so schlau ist sie selber, dort ist

Kapitalismus, und wir können froh sein, daß wir hier sind, wir bauen den Kommunismus auf, in dem sich alle Menschen vertragen, weil ihnen alles gemeinsam gehört, und niemand hat Eigentum, keiner, darum vertragen sie sich und freun sich darüber, und es werden immer mehr, die sich anschließen, jetzt ist schon China, das riesige China auf unserer Seite, die halbe Welt, mehr als die halbe, die Kapitalisten wissen gar nicht mehr, was sie machen sollen, Berlin wird auch aufgebaut, es ist doch so einfach, es wird nie wieder Krieg geben, und wir haben immer einen Plan, Plakate dafür kleben überall, unten ist eine kleine 1948 daraufgedruckt und darüber eine große 1950, das ist der Fortschritt, und dann so weiter, eine kleine 1950 und eine große 1955, der erste Fünf-Jahr-Plan, 1955 wird vielleicht schon die ganze Welt zu uns übergelaufen sein, weil es bei uns ja viel besser ist, ohne Kapitalisten, die Liebmann kann sich genau erinnern, wie begeistert dieses kleine Mädchen zu dem Vater immer so hochgeredet hat auf den Spaziergängen, wie es zwar manchmal auch etwas gefragt hat, also zum Beispiel, warum die Nachbarn, das hat sie genau gesehen, eine Zeitung lesen, die heißt TAGESSPIEGEL, und warum die das dürfen, wenn das alles im Westen Kriegshetzer sind, sind die Nachbarn auch Kriegshetzer, oder sind sie es nicht, aber so was kam selten vor, sie erinnert sich besser an die eigene Darlegung aller Vorteile des Kommunismus, denn die einen, die haben Getreide zum Beispiel, und die anderen haben Maschinen, und wenn sie sich vertragen, dann geben sie sich gegenseitig, was sie brauchen, denn ohne Kapitalisten brauchen sie auch keinen Profit und müssen die Preise nicht steigern und auch keinen Krieg führen, und darum sagen sie auch immerzu Preissenkungen im Radio an, und es ist so einfach, alles so einfach und gut.

War das einfach? Ein Eßzimmer und ein Kinderzimmer, ein Arbeitszimmer, ein Schlafzimmer auch, die andern hier draußen, die wohnen genauso, eine Freundin hat sie, ein Mädchen, die Mutter stirbt, und die Mutter war jung, also kann eine Mutter auch sterben, fragt man die Mutter, sagt sie: *Es kann sein.* Lottes Mutter, die ist nicht mehr da, Lottes Vater zieht mit seinen Kindern auf einmal in den Süden der Stadt, das ist ein sehr großer Garten, den die jetzt haben, gekauft haben, und er endet an einem See, es gibt einen Bootssteg, da schwimmt lauter Entengrütze, die Sonne scheint, wie schön das hier ist, Papa, sagt sie, die Tochter, und sieht, daß die Mutter dasselbe jetzt denkt, und nachts auf der Heimfahrt, da schweigt der Vater, denn das war sein Freund, dieser andere Mann, früher mal, vor langer Zeit, auch in Berlin, *jetzt will er nur einfach gut leben,* sagt der Vater vorne, sie fahren im Dunkeln sehr lange, bis sie wieder zu Hause sind, schade, die Freundin wird sie nicht mehr oft sehen, gar nicht mehr in Wirklichkeit, und für immer hat sich das Mädchen gemerkt, daß es lieber mit Jungs spielt, ihr Freund heißt Horst. Horst wohnt in dem Haus gegenüber, aber das ist jetzt schon ein anderes Haus, denn es stimmt ja, einmal gehen sie in einen verlassenen Garten, der Vater, die Mutter und sie, und hinter den Sträuchern, die dicht am Zaun stehen, liegt alles voll Schutt, aber aus der Mitte des Schutthaufens ragt eine Treppe, Stufen führen ganz schön weit hoch, einfach so, wie ein Turm, Abendsonne scheint drauf. Hier, sagt der Vater, hier wird das Haus stehn. Er hat ein Haus bauen lassen, auch ein Haus, aber da, wo die anderen wohnen, nicht irgendwo weit weg von ihnen und auch nicht am Wasser, er konnte nicht schwimmen, fällt der Liebmann ein, wäre ihr nie eingefallen als Kind, da wußte sie nur, daß er Ski fahren kann, tolle Abfahrten irgendwann früher, und das Haus steht dann wirklich, ganz schnell, und genau hinter diesen Sträuchern sitzt sie einmal am Wegrand und buddelt und buddelt, weil was in der Erde liegt, es ist ein Suppenlöffel.

In dem Haus gegenüber wohnt Horst. Da darf sie schon rausgehn, abhauen, verschwinden, aber auch wieder nicht, denn Kindermörder sind unterwegs, das hat Ilse gesagt, sie fangen nur Mädchen, aber zuerst spricht so ein Mann ganz freundlich mit dem Kind, er will, daß es ruhig mitgeht, und die anderen Kinder sagen das auch. Mit Horst und den anderen Kindern verstecken sie sich darum in einem Ruinenkeller, sie wollen die Straße beobachten, denn wenn hier ein einzelner Mann vorbeikommt, dann ist er verdächtig. Die Väter von denen, die mit ihr im Sand liegen, sind in Gefangenschaft oder gefallen, die können hier gar nicht vorbeikommen, ein Mann ist verdächtig, und es kommt auch nur selten einer vorbei, und wenn er vorbeigeht, dann kriechen sie alle noch tiefer in die Ruine und sind still.
Zu einem kaputten Haus laufen sie oft, dort liegt eine Bombe im Keller, die betrachten sie manchmal von oben, das krumme Stück Stahl, das da so aus dem Sand guckt, ob es noch da ist, schöner ist es am Puhl, da stehn sie im Wasser, Kaulquappen fangen, oder sie steigen die Bahndämme hoch, denn es pfeift, wenn die S-Bahn vorbeifährt, und die Hühner im Garten bei Horst laufen frei rum, die jagen sie, aber dann müssen sie reinkommen, wenn sie so was machen, das sind keine Büffel.

Die Mutter von Horst sieht schon alt aus, sie ist immer zu Hause, bei ihr ist es schön, im Wohnzimmer zeigt sie die Fotoalben, sie hat viele Schwestern gehabt, die stehn, immer sechs oder acht oder zehn aufgestellt, Röcke lang, Hüte groß, Wespentaille, und haben auf einigen Fotos auch Pumphosen an, Schultern nackt, das sind Luftanzüge, alle heben ein Bein, und sie lachen dabei, es ist am Wannsee, sagt die Mutter von Horst und zeigt, wer sie selbst ist, zwischen den Frauen. Aber ist das denn diese Mutter von Horst, der Vater von Horst ist gefallen, und neuere Fotos hat die Familie gar nicht, sagt sie, dafür hat sie aber dicke Bücher mit Zeichnungen von Wilhelm Busch, zuerst liest der Opa vor, dann sehn sich die Kinder alleine das an, Max und Moritz zuerst, Max und Moritz zuletzt, diese Buben, wie sie plattgewalzt auf der Erde liegen, und die Hühner, die picken sie auf, und darunter steht schön gezeichnet das Wort ENDE.
Ende, wann war das, es gab schon ein Ende, als der Vater ins Krankenhaus kam, er ist beinah gestorben, an Tuberkulose, zu viel gearbeitet, sagte die Ilse. Das Kind, zu Besuch in dem dunklen Zimmer hat gesehn, wie Mutter den Vater verbunden hat, er war frisch operiert, dann mußte er schlafen und braucht jetzt für immer sehr viel frische Luft, aber als er ein andermal wach war, da hat er erzählt, nachts fliegen die Käuzchen ans Fenster und sehen herein, und er fürchtet sich, Ende, nein gar nicht, für sie ist jetzt Ende, denn wenn er gesund ist, dann hat er viel mehr zu tun als zuvor, viel Wichtigeres, sie darf in der Schule, in Biesdorf nicht bleiben, muß woanders zur Schule gehn, und warum, weil die Eltern das wollen, die bessere Schule, sie fährt nun mit Vater morgens im Auto in die Stadt rein, zuerst in die Redaktion, seins ist wichti-

ger, sie kommt zu spät in die Schule, jeden Tag beinah, immer kichert die Klasse, wenn sie vorne steht, aber der Lehrer sagt nichts, Mutter weint, aber deswegen nicht, warum weint sie, sie sagt nichts, sie liegt auf dem Bett, wo der Samtvorhang aus ihrer Kindheit an der Wand hängt, der schöne, den Großvater einmal in China gekauft hat, er war ein Inspektor der Eisenbahnämter in Rußland, er fuhr in die Mandschurei und brachte von dort manchmal Sachen mit, für die Großmutter, diesen Samt, dunkelblau, dunkelgrün, Kaschmirmuster, so heißen die länglichen Schnecken, die von oben nach unten da runterschweben über dem Kopf von der Mutter, über den schönen Haaren, dem Pony, dem Scheitel, auf den dieses Kind seine Hand legt, Mama, warum weinst du, ob Papa das weiß, der kommt immer so spät, keiner weiß, was der weiß, aber wenn er mal da ist, dann halten Autos vor dem Zaun, bringen Umschläge, STRENG VERTRAULICH steht drauf oder sogar GEHEIM, und dann hat er schon wieder zu tun oder muß sofort einsteigen in den Wagen, weg, ist dann weg, Spaziergänge gibt es schon lange nicht mehr, dafür steht diesmal groß in der Zeitung, daß er Geburtstag hat, mit einem Foto, da sieht er so komisch aus, aber sie denkt an dem Morgen, daß sie zu Hause bleiben wird, sie probiert es mal aus, was die Lehrer da sagen, was sagen sie, *ich weiß, dein Vater hatte Geburtstag,* na also, es klappt, und zu Hause steht ein Zimmer voller Geschenke, so was hat es noch nie gegeben, sonst hat sie ein Bild gemalt, und die Mutter hat einen Kuchen gebacken, der Vater verzieht das Gesicht, diese chinesischen Vasen, wozu, die stehn dann im Eßzimmer, vor jedem Fenster eine, man darf sie nicht umkippen, wenn man vorbeirennt, das könnte passieren, aber nur eine Woche lang, denn sie fahren weg, die Mutter mit ihren zwei Töchtern nach Sibirien, wieder zur Großmutter, diesmal sieht sie das alles genauer, Warschau, Moskau, die Bahnhöfe, Bettler, noch weiter und weiter. Im Zug, alle Leute, die drinnen fahren und schlafen für eine Woche, unterhalten sich, schenken sich Sachen zum Essen, trinken Wodka zusammen, und wenn der Zug hält, laufen wie auf Bestellung Frauen die Bahndämme runter mit warmen Piroggen, mit Walderdbeeren in spitzen Papiertüten, Zeitungspapier, bei Großmutter ist diesmal Sommer, Hitze, die Wasserträger sind teurer geworden, sagt sie, und die Straße riecht nicht mehr nach feuchtem Holz, sondern nach Harz, heißem Wald, dann kommt ein Telegramm, *komm nicht wieder,* steht drin, *ich habe keine Arbeit mehr, bin sehr unglücklich,* das schrieb der Vater, Ende, ist jetzt Ende, wo die Mutter einpackt, Fahrkarten kauft, gleich, und zurück will, und schafft das, sie fahren, der Vater steht gar nicht am Bahnhof, da steht der Chauffeur mit seiner Frau, Tante Hertha, die freut sich, denn Vater sitzt jede Nacht wach, und er wartet auf euch, sagt sie, aber er glaubt nicht, daß ihr kommt, dabei hat sie gesagt, Mutter kommt, und, na bitte, da seid ihr, dagegen die Kinder, die Schulkameraden, die freuen sich nicht, die überlegen, ob sie mit ihr reden sollen, dann tun sie es doch, denn, und das hat ihr bester Freund ihr gesagt, ihr Verliebter beinahe, du kannst nichts dafür, daß dein Vater ein Feind ist, ja, und wir ziehn auch bald weg, und es stellt sich heraus, daß ihnen gar nichts gehört hat, das Haus nicht, das Auto, denn der Vater, der wollte das nicht, er wollte nur diese schönen Kleider für Mutter und Bücher, aber die liegen eines Morgens alle auf dem Fußboden im Arbeitszimmer, der ganze Fußboden von einem Hügel aus Büchern bedeckt, sie läuft drüber, das vergißt sie niemals, auf Büchern laufen, warum das, der Möbelwagen wird gar nicht voll, er kommt nach, und wir fahren schon vor in dem Auto, letztes Mal mit dem Chauffeur, der weint beinah, Mutter weint, Vater nicht, Vater sitzt gerade und sieht geradeaus. Eine Freundin der Mutter kommt auf einmal gelaufen, und ihretwegen halten sie noch mal, und das Kind muß nun eine Fensterscheibe herunterkurbeln, damit diese Frau den Mädchen dadrin eine Tafel Schokolade hereinreichen kann, also fahren, wir fahren jetzt raus aus Berlin, das ist eigentlich schön, daß wir mal so zusammen, lange, lange, dann steht irgendwo in einer kleinen Stadt ein Haus zwischen Bahndamm und Autochaussee, zwischen Leuna und Buna, ein Krach auf den Schienen und auf der Straße, Dreckluft sieht grau aus, und dann stehen sie alle in einer vollkommen leeren Wohnung, so lange, bis aus der Wohnung darüber eine Frau einen Stuhl bringt für Mutter.

Das ist nicht mehr Berlin. Wo sie sind, hängen in allen Wohnzimmern Fotos von Männern mit Hakenkreuzen auf den Mützen, also Nazibilder in allen Stuben, wie ist so was denn möglich, und die Russen sind Russen, nicht Sowjetsoldaten, alle Mütter häkeln und stricken den Kindern Pullover, die tragen nicht Kleider vom Konsum, die zippeln, werden nicht ausgelacht deswegen oder einmal mit Steinen beworfen als Russen, wenn die Eltern das wüßten, die haben genug Sorgen, der Vater streichelt der Mutter den Kopf, die umarmt ihn, wie schön sieht sie aus, aber einmal, als in der Hofpause aus der Gruppe der Jungen einer über den Hof kommt, zu ihr, um zu fragen, ob ihr Vater Jude ist, hat sie dem Vater die Sache erzählt. Das wollte sie wissen, und er sagte: Nein. Er nicht, schon sein Vater nicht, denn es ist ja ein Glaube, aber da sie verfolgt werden, muß man sich zu ihnen bekennen. Das weiß sie genau, dieser Nachmittag in der Küche, draußen fahren die Züge vorbei, Güterzüge, von morgens bis abends, andauernd, und Vater steht da, sie steht da, so ist das also, man muß sich bekennen, wenn einer verfolgt wird, ja du vielleicht, denkt sie auf einmal, und denkt dann am nächsten Tag in der Schule, und von allen, die später was wollen, bekenn dich, bekenn dich, dann denkt sie: Idiot. Da war wohl Ende, bei dem Mädchen da, in der Sommerküche, im karierten Konsumkleid, Ende seitdem.

Und was hat das mit meiner Hand zu tun?
Eine Hand eben, liegt auf der Schreibmaschine, hell, alles dran, die fünf Finger, bewegt sich, sie hebt sich und legt sich auf die andere Hand, die ist nicht betroffen, betroffen, wovon?
Die Liebmann, allein, es ist still in der Wohnung, eine Frau in ihrem Zimmer am Abend, steht auf, geht zum Fenster, zur Tür und wieder zur Schreibmaschine, denkt zuerst wieder DU, ich weiß nicht, wo du bist, aber das hilft nicht, das ist es auch gar nicht, warum ist sie denn so verzweifelt, wenn sie diese Hand ansieht, Vaters Hand ist verbrannt, liegt in einer Metallvase unter der Erde, die macht ihr keine Angst, aber dieser Schreck kam schon einmal hoch, fällt ihr jetzt ein, das war, als die Grenze noch stand, als sie gerade neu war im Westen mit ihrem Paß und das erste Mal diesen Mann wieder traf, also dich, und er wollte sie sehn, saß dann aber nur still neben ihr in einem Cafe, es war September, noch warm draußen, es wurde dunkel, er saß mit gesenktem Kopf, seine Hände lagen auf dem Tisch, und sie weinte auf einmal, schrie und stand auf, das Glasschild mit der Schrift EISENACHER STRASSE leuchtete schon, als sie die Stufen zur U-Bahn runterrannte, die kam auch wie immer, dann plötzlich die Grenze, die Paßkontrollbuden, dann alles stockdunkel, zu Fuß an einem Bauzaun vorbei, warme Luft, hörte eine Straßenbahn quietschen und sah sie dann auch, die hielt grade vor ihr, ein Mann riß von innen die Tür auf und brüllte sie an, da erkannte sie erst, wo sie war: Invalidenstraße, sah das Kopfsteinpflaster, die Straßenlaterne, einen Fuß auf dem Gleis mit den eigenen Schuhen und die Hand aus dem Ärmel so runterhängen, tote Hand hat sie gedacht und weggeguckt.

Die Liebmann setzt sich und steht wieder auf, sie kann machen, was sie will, die Hand geht mit, diese tote Hand, aber wenn das so ist, dann war die Hand, an der ich spazierengegangen bin, tot, dann habe ich auf etwas gewartet, das tot war, und du, denkt sie weiter, du hast keine Arme, in meinem Gedächtnis bist du ohne Arme, und sieht sich brüllen deswegen vor Wut, heulen vor Wut, du, mit den Augen so nah und verständlich, und dann ohne Arme, sie sieht sich davorstehn, Verwechslung, Verrat, Gebrüll, bis er weg ist, im Blut bleibt sein Blick, es bleibt das Gefühl seiner Hand auf der Haut, so war es ja immer, dann weint sie und wartet, aber jetzt weint sie nicht.
Jetzt steht die Liebmann an einem Abend im Februar in ihrer alten Wohnung in Pankow, alleine, und wie ein Wasservorhang rauschen Bilder vor ihr runter, sie kann es nicht anhalten, aber es sind lauter angehaltene Bilder – Stop und Stop, alles stumm, immer so eine Hand dabei, seine, deine, meine Hände, wie sie runterhängen und nichts! Ein Körper dahinter und nichts, ein Anzug, der dreht sich weg, der geht.

Und geht nicht.
Steht da wie ein Bock überm Abgrund, wo soll der auch hin?
Und andererseits, diese Abgründe bleiben, die Böcke verschwinden, und mit ihnen verschwindet wohl auch das Bild von der schrecklichen Stelle, der Blick auf das Wasser tief unten, die Straße, das Leben, wies läuft, und der Bock läuft, er liegt in der Sonne, es glimmen die Augen, gelb, der Bauch hebt und senkt sich, die Haut schimmert unter den Haaren, er weiß, wie er aussieht, er weiß es auch nicht, daß er das ist, dieser Bock, diese Beine, die Knochen im Kniegelenk, Hufe gespalten, das ist er! Er kann niemals anders sein als eben so, so haarig, der Rücken krumm, und der Kopf noch mit Hörnern belastet, die kommen ihm ganz natürlich vor, wie warm sie sind an der Schädeldecke, am Stirnknochen, warm, wo das Blut durchfließt, warm, schwer, die Lippen weich, die Zähne bedeckend, nachlässig, nachlässig, müde, so – sieht er aus, wird er sein bis zum Tode, bis etwas ihn umwirft, zertritt, auseinanderbricht, Matsch aus ihm macht, Wurst vielleicht, Erde raufwirft, und – wer? – nicht mehr weiß, wie er war, seinen Blick auf die eigenen Beine nie geteilt hat.

ZIRKUS! KAPELLE,
UND VON BEIDEN SEITEN LAUFEN
DIE PFERDE EIN,
SCHWARZ, WEISS UND BRAUN.

Rot steigt auf. Der Judenfriedhof ist grün geworden, Rasen grün, alle Bäume darauf haben grüne Blätter, widergespiegelt in den Scheiben der Mietshäuser, die ringsherum stehen, die Sonne versperren, Frühling, Stadtmitte, kein Haus ist dazugekommen, keins abgerissen, wo welche fehlen, da wachsen die Bäume noch, die nach dem Krieg dort gepflanzt worden sind, aus der Spree in der Sonne am Park Monbijou steigt Licht an die Unterseiten der Kähne, die an den alten Museen vorbeischwimmen, langsam, die S-Bahn fährt schneller und quer über Brücken ins Bild, rot und gelb Richtung Zoo, und vor diesem Bahnhof stehen Männer im Kreis, die hier sonst auf dem Boden sitzen und liegen, Applaus für die Dame! Es tanzt eine Frau, Schultern nackt, und ein Mann macht Musik. Zwei Seidenfahnen mit Mustern, blau-weiß, hat er an eine Karre gebunden, auf die hat der Mann einen Fuß gestellt, alter Kerl, Augen blau und die Locken blondiert, auf den Oberschenkel des angewinkelten Beins schlägt er zwei Plastiksalatlöffel wie Kastagnetten, ratata ratata ratatatam, dann streckt er die Arme aus und läßt sie kreisen, rechts das Heil! links das Heil! rechts das V! links die Faust! und: Applaus für die Dame! ruft er ein zweites Mal, die ist so blaß, nur ein Grind zwischen Nase und Oberlippe ist ein Farbfleck, rot, die Arme stecken noch in den Ärmeln eines Wintermantels, der hinten herunterhängt, mit beiden Händen drückt sie eine Bierbüchse an ihr Gesicht, so tanzt sie, die Augen zu, ach, mein Liebster, du.

Die Friedrichstraße wird aufgerissen, die Brücke am Bahnhof gesperrt, der Boden geöffnet. Wo du einmal standest, Lederjacke und roter Schal, ist jetzt ein Graben und Wasser drin, rostige Rohre. Bahnhof Friedrichstraße mit allen Etagen, zwei über, drei unter der Erde, steht offen da, steht da wie Einatmen, Einatmen und dann die Luft anhalten – bleiben Sie so!
Ja, wie denn?

Die Liebmann in Pankow auf Kisten wie auf einem Floß.
Gar nicht auspacken, sie will ja weg, sie will diese Wohnung nur tauschen, eine kleinere sucht sie, und sie will nicht mehr auf ihn warten, in der dunklen Wohnung da drüben, das auch nicht.
Hier scheint die Sonne ins Zimmer, das Telefon klingelt, du bist so weit weg, sagen die, die noch anrufen aus Charlottenburg, Schöneberg, es klingelt von morgens bis abends mit Wohnungsanzeigen und Tauschangeboten, es klappt aber nichts, und wenn es mal ginge, dann steht sie vor einem fremden Haus und denkt: Hier? Will ich hier leben, nein.

Manchmal fährt sie nach Westberlin, eine Stunde bis Zoo oder anderthalb, sie würde schon gern wieder hier sein, ich möchte bei dir sein, na da grade nicht, Bahnhof Zoo, aber dort, ein paar Meter weiter, da fängt es ja an, dort ist das, wovon ich weit weg bin, das windstille Westberlin.

Es ist gar nicht still, nur Menschen, die lächeln in offenen Mänteln und leise die Straßen langlaufen, Bänke weiß, Rasen grün, Telefonzellen alle in Ordnung, du parkst das Auto Savignyplatz, kommst so heran, das war mal – im Winter noch, als sie sich trafen, jedesmal hatte er nur wenig Zeit und brachte sie abends nach Pankow zurück, schlief auch dort und versprach anzurufen, rief nicht an, kam nicht mehr, sie kommt hierher.
Läuft dann die Hardenbergstraße lang, immer langsamer nun schon bei jedem Besuch, sie trägt einen Anorak, Zweckbekleidung, und Schuhe, bequem, dicke Sohlen, zur Knesebeckstraße, wo Leute zwischen Bücherständen auf dem Trottoir herumgehen, Bücher betrachten, und wenn die sich anstoßen, sehn die sich an – hier lächelt man bei der Berührung.
Die Liebmann steht wie ein Feind vor den Schaufensterscheiben und sieht sich die Bilder der anderen an, Spiegelbilder, was ist denn, es lächelt hier jeder, wem lächeln die zu, sich selber vielleicht, treten leicht auf und sehen mich gar nicht, oder ist es Verachtung, ich bin ja nur neidisch, worauf ist sie neidisch, auf alles, ich trampel hier rum wie ne Kuh, oder Wut, sie könnte das Pflaster eintreten, aber die Scheiben nicht, auf keinen Fall diese Scheiben, das Schöne soll bleiben, aber die Leute, die würde sie anschreien, die Männer, die Frauen, die glatten Gesichter, sie nimmt ihnen etwas übel, die Schuhe vielleicht, die sie trägt, den Anorak, warum ist es so still, warum ist es so grauenhaft still, ach, sie hat einfach Angst, neuerdings.
Am Steinplatz gehts los, daß sie hinfallen müßte, am Steinplatz, am Stein, Glitzerstein, da kommst du nicht rein, kauft sich Schuhe. Lederfarbe traumblau, Schuhe

an den Füßen, Sonne am Savignyplatz und Wind, behält sie gleich an und zur S-Bahn, da drin ist es warm.
Was ich dir nicht mehr sagen kann: Du kommst mir immerzu entgegen. Sobald ich die Straßen hier trete, stehst du da, wendest dich weg von einem Auto, als ob du es grade geparkt hättest, drehst dich um und erkennst mich, du lächelst.

Nachts kann sie nicht schlafen, ich liege, wo liege ich, auf einem Blech, es dröhnt wie im Tunnel, an den Fingern die Ringe sind ihr zu schwer, auf dem Kopf ihre Haare sogar, wo ist sie, hier war sie doch schon, und das alles nur, weil sie hier weg will, ich bin krank, denkt sie, krank, diese Frau mit dem Kind vorhin in meiner Küche, das soll nicht im Osten zur Schule gehn, hat sie gesagt, warum kam die dann her, die Wohnung ist schön, weiß ich selber, und das Ehepaar aus der Ackerstraße, das findet die Gegend zu still, interessant, wie die sich im Bad beide angeguckt haben, in ihrer Wohnung müßte ich Holzverkleidung rausreißen aus allen Räumen, und ich habe vergessen, der Frau in der Linienstraße zu sagen, daß ich nicht will, und so weiter und weiter, einmal, mitten im Menschengewühl eines Warenhauses in Sachsen blieb ihr Vater vor ihr stehen. Du weißt, wo wir uns treffen, wenn wir uns verlieren? Sie wußte es nicht. Dort, wo wir uns zuletzt gesehen haben, es ist eine Regel aus der Illegalität, das sagte er auch, das fällt ihr ein.
Und etwas anderes, etwas ganz anderes, ihre erste Reise nach Westberlin. Ein Tagesvisum, das ist zehn Jahre her. Sie stand schon morgens um sieben am Grenzübergang, Bahnhof Friedrichstraße, die Ausreisehalle war leer, schwarzer Schneematsch davor, Bahnhof Savignyplatz

ist sie aus der S-Bahn gestiegen, der Bahnhof das Eigentum der DDR, schmutzig, normal also, die Treppe steil, und dann, in der Bleibtreustraße, stand sie auf weißem Schnee, festgetreten. Es war Januar, Frost, hinter Schaufensterscheiben Gegenstände wie ausgedacht, mit Pailletten besetzt, eine Scheibe neben der anderen, glänzend, sie konnte nicht hinsehen, es schien ihr so flüchtig, und von weitem kam ihr eine Person entgegen, eine einzige, eine Frau, lange Haare bis auf die Schultern, rot, auf dem glitzernden Bürgersteig.

Du weißt, wo wir uns treffen, wenn wir uns verlieren? Ich kenne so eine Frau nicht, ich habe sie damals nur einmal gesehen, eine Fremde, warum schwimmt sie hoch in der Krankheit hier, in Pankow, beim Quietschen der Straßenbahn?

Die Freundin, zu der sie damals unterwegs war, bevor sie die Bibliothek suchte, für die sie das Visum bekommen hatte, wohnte neben Kaiser's Kaffeegeschäft, hatte im Nachthemd die Tür geöffnet und ihr fünf Mark für Schrippen gegeben. Auch die Schrippen, die sie dann kaufte, waren ungeahnt leicht, und die übrigen Kunden im Laden schienen den Boden kaum zu berühren, so kam ihr das vor, als ob das dort alles an Fäden von oben das Boden-Berühren nur spielt.

Irgendwas an Westberlin ist nicht wahr, denkt die Liebmann in Pankow und meint wohl den Mann, den sie liebt, der nicht antwortet, wenn sie das wissen will, warum er nicht kommt, und der liebt sie doch auch, bekenn dich – Moment mal, das hatte sie schon, hieß das etwa: Bekenn dich, Idiot!?

Geschlagen wird doch überall.

Die Stadt ist noch dunkel, wenn die Liebmann aus der Straßenbahn steigt und die Friedrichstraße hochsieht zum Bahnhof, schwarz, Wolken tief über allen Häusern, dunkler Frühling, wenn sie die Friedrichstraße überquert und in die Oranienburger einbiegt, Frisör an der Ecke, die Läden daneben verrammelt, Schutt auf dem Pflaster, verdreckt und vergammelt die Straße, als ob es hier warm wäre, in der Oranienburger. Regen fällt plötzlich, sie rennt und stolpert, das hucklige Pflaster, stellt sich vor, wie es riechen würde, wenn es jetzt warm wäre, und der Regen aufhören würde zu fallen, aber er hört nicht auf, sie ist schon längst bei dem Freund angekommen, dem Möbelpolierer, in dem Keller, der Werkstatt da unten, da regnet es draußen immer noch, tropft an das Kellerfenster.

Die Liebmann erzählt, wie es ihr geht, wie schlecht es ihr geht, und bemerkt dabei, daß der Kaffee kalt wird in diesen angeschlagenen Tassen, der Freund schweigt, und nur seine Augen bewegen sich, er sagt nichts, er sagt nur: Es ist ja ein Scheitern im Grunde.

Nein, sagt sie, denkt, was macht sie für Mist, auf dem Blech muß man stehen, und niemand erzählt was darüber, stehen, nur stehen ist der Gedanke, bleibt er deswegen immer da unten im Keller, im Keller steht nichts, fällt ihr plötzlich ein, es liegt was im Keller, so heißt es.

Die Lederjacke hatte sie gar nicht ausgezogen, das sieht sie jetzt, wo sie gehen will, Brust, Rücken, Arme in Leder, los, weg hier, der tröstet uns nicht, der betrachtet uns bloß, und sind ihr die früher nicht aufgefallen, die aufmerksamen Augen von diesem Freund?

Doch. Wenn sie ehrlich ist, weiß sie das plötzlich, aber seit wann ist sie ehrlich?

Es dauert nicht lange, da steht der Freund vor der Tür, er war in der Nähe, sagt er. Sie kocht Kaffee, er setzt sich an ihren Küchentisch, spricht über Autos, sein Auto, kaputt, fast kaputt, jetzt, grade eben, ich möchte mal wissen, sagt sie beim Kaffeeingießen, wer mich bespitzelt hat, was heißt schon bespitzelt, sagt er, drei Mann in einem Raum, und die schlagen dich, du kommst nicht raus, verstehst du, das war so schnell nebenbei gesprochen, Kaffee ausgetrunken, weg ist er.
Was hat er eben gesagt? Und was hat sie gesagt?
Sie treffen sich am Ersten Mai.

Erster Mai, erstes Mal seit der Nazizeit erster Mai unter Bäumen im Lustgarten. Das ist jetzt seitenvertauscht – dunkel, vergessen, Emblem abgeschraubt, steht am Rand des Geschehens der Palast aus Beton, seine Vorderfront war die Tribüne, auf dem Platz davor, wo am ersten Mai Menschen liefen und liefen wie Schatten, wie Film, sind Karussells festgeschraubt, und hier, auf der anderen Seite der Straße Unter den Linden, im Lustgarten, zehntausend Menschen, die stehen. Grillwürstchenrauch, Bäume grün und Musik. Statt einer Tribüne steht jetzt eine Bühne vor den Stufen zum Alten Museum. Auf ihrem vorderen Rand Kolosse von Männern mit Bierbäuchen, Schulter an Schulter, jeder hält eine Fahne nach vorn, goldbestickt, rot, die Gewerkschaftsfahnen, seit Tagen ist Streik, der Staat hängt am seidenen Faden, ruft ein Redner von dort, von der Bühne herunter, man kann ihn nicht sehen, Musik überm Lustgarten, Luftballons steigen, der Himmel ist blau, die Arme einer Karussellspinne heben und senken sich am Horizont, Musik, Wiener Würstchen, das Alte Museum, die Stufen, die Sonne, die Adler aus Stein.

Bei den Museen verläuft sich das Ganze, Musik noch von weitem, ein paar Regentropfen am Hackeschen Markt, von dort kommt die Liebmann dem Freund entgegen, dem Möbelpolierer, Treffpunkt war Rosenthaler, Rosenthaler Straße, da steht er – na meine Süße. Sein Rücken ist krumm so wie immer, Mensch ist das warm heute, der Mund so wie immer, sein riesiger Mund, die Augen sehen sie an, sehen weg.

In der Mulackstraße, gleich um die Ecke, hat ein Cafe neu aufgemacht, Nummer 12, Knopflochstickerei eines Herrn Jakob, wenn die Liebmann sich richtig erinnert an einen Adreßbuchauszug, nicht an den Laden, der Laden war immer geschlossen, weil hier alles geschlossen war, solange sie leben die Rolläden runter, und jetzt – so ein winziger Raum war also dahinter, zehn Quadratmeter, nun CAFE HIMMELBLAU. Alles aus Holz ist blau angestrichen.

Sie stellen sich einen Tisch auf den Bürgersteig und auch zwei Sessel, weil schon wieder die Sonne scheint, und dann zieht er das Manuskript aus der Jackentasche, das sie ihm gegeben hat, den Text, der da endet mit dem karierten Kleid in der Küche und wo Ende steht, Ende seitdem.

Schiebt es über den Tisch, rote Pappdeckel hat es, kannst du wirklich russisch? fragt er.

Es weht ein warmer Wind durch die Mulackstraße, ihr in den Ausschnitt und ihm in den Kragen, Touristen laufen vorbei, man hört ihre Schritte, sie bleiben auch stehn auf der Straße, die Straße ist schmal, zeigen sich, wie kaputt die Häuserfassaden sind, vor der Nummer 12 steht ein Eßtisch im Weg, blauer Tisch und so breit wie der Bürgersteig. Dazu Kaffee und Kuchen und russisch.

Kommt so rausgerutscht, mit veränderten Stimmen, mein Täubchen, mein Vögelchen, ich bin ein Esel, wie konntest du, lach nicht, wir lachen doch beide, sie ist rot geworden, er auch. Zwei Minuten.

Reden sie deutsch? Natürlich deutsch.

Der Freund hat Russisch in den Kasernen gelernt, die bei Bernau standen, wo er geboren war, der Vater war weg, und die Mutter lag immer im Bett, seit dem Jahr fündunddreißig bereits, da war ihr Leben stehengeblieben, an nichts, was danach kam, hat sie sich erinnert, die Mutter, sprach immer vom Sterben, sie drohte dem Kind auch damit, und alles, was sie erzählen konnte, ist vorher gewesen, vor diesem Jahr fünfunddreißig, als der Schwager ihren Hüftschaden angezeigt hatte – erbkrank, erbkrank ist gut, sie erbte das Haus, ihren Bruder hatte der Schwager als Trinker gemeldet, er hat auch die Eltern entmündigen lassen, der Bruder ist umgebracht worden, in Bernburg.

Die Mutter vier Jahre versteckt bei Verwandten, hat das Haus doch bekommen, als die Russen kamen, dann geheiratet, aber das ging nicht gut, sie lag immer im Bett, der Junge ging nicht in die Schule, er bummelte, klaute, er lief zu den Russen, die Russen freuten sich, wenn er kam, die in der Schule, die lachten ihn aus, später hat er Fahnen der DDR verbrannt, ist verhaftet worden, war im Knast noch rebellisch, dreimal Dunkelzelle, das war ein Betonklotz, das Bett achtzehn Stunden am Tag hochgekettet, so ein Tag ist stockdunkel dort drin, es gibt Malzkaffee und zu den vier Scheiben Brot eine Scheibe Leberwurst. Insgesamt hat er 21 solche Tage im Leben.

Danach wirst du nie mehr ein Mensch wie die andern, da war Ende für mich, sagt der Freund, und dann will er wis-

sen, was ihr Vater gemacht hat, als Feind, na, er meinte eben, es wird nichts mit dem Sozialismus, wenn die so weitermachen, seine Partei, so gegen die Leute, sagt die Liebmann, er hat Ulbricht abgesetzt, für zwei Wochen, mit andern zusammen, und sie sagt, wann das war, 1953.
Damals haben die schon alles gewußt?
Ja.
Dieses Ja steckt wohl fest auf dem Tisch, auf dem Blau, in der Mitte, dort jedenfalls sieht der Freund hin, verzieht seine Lippen dabei, als ob er auf Scheiße guckt, lange. Ihr hängt ein Herz um den Hals, Herz aus Jaspis, ein roter Stein, den faßt sie jetzt an. Er ist dreiundfünfzig geboren. Kann sie was dafür, ihr gings auch nicht gut, wir lebten zum Beispiel zu fünft von 500 Mark.
Ach Gottchen, wir hatten hundert zu zweit.
Na ja, es weht ein warmer Wind am ersten Mai.
Der Freund lehnt im Sessel, es sind Rohrsessel, die sie sich rausgestellt haben, er sieht die Straße lang, und die Liebmann sieht auch die Straße lang, sieht Ecke Gormannstraße viel Laub von den Bäumen, die da vorne wachsen, grüne Blätter an Ästen, die ragen schräg über einen Bretterzaun. Auf dieser Ecke fehlt ein Haus seit dem Krieg. Unter den Bäumen verfaulen Kaninchenställe, die kann sie von hier aus nicht sehen, das weiß sie nur, daß die da stehen, hört den Freund sagen, daß der Schwager noch lebt und alle im Ort vor ihm Angst haben, dort, wo er wohnt, bei Berlin, und an dieser Stelle im Text sehen die beiden sich an.
Er war ein SS-Offizier, sagt der Freund, nur im Osten im Einsatz, ich habe ihn einmal gesehen, als Kind, das war so ein Feiner. Ein feiner Herr.
Die Liebmann sieht, daß der Freund blaß aussieht, blas-

ser als früher, und wo die Backenknochen herausragten, das Gesicht rund machten, früher, da sieht es eckig aus, das sieht sie und denkt dabei: Kindersoldaten.
Wer hätte sie nicht gesehn, Russen auf Bahnhöfen, Filzmäntel, lang, Hinterköpfe geschoren, Stiefelgeräusch grobes Leder auf Stein, dumpf klang das, nie mehr gehört.
Der Freund faltet jetzt einen Zettel zusammen, immer kleiner, die Liebmann guckt zu, erinnert sich an den Ohrring, diesen geschliffenen blauen, wie der in seiner Hand lag, er hat ihr ja oft auch Ohrringe geschenkt, selbstgedreht und gebogen, zusammengelötet, er kann alles mit seinen Händen, es gibt nichts, was er nicht bauen könnte, oder ganz machen, er hat ihr immer geholfen, er hat allen geholfen, die ihn darum baten, und wenn er dann arbeitet, dann ist er lustig, er pfeift und singt. Das denkt sie und sagt nichts, guckt unterm Tisch ihre Schuhspitzen an, traumblau, Savignyplatz, auf diesem Pflaster, das unegal ist, es fehlen auch Steine hier unter dem Tisch. So viel Blau zwischen uns.
Der Kaffee ist ausgetrunken. Sie bezahlen, erheben sich, laufen ein Stück und verabschieden sich vor dem Zaun an der Ecke Gormannstraße. Es ist wie auf dem Dorf hier, nur die Karnickelställe, die verfaulen nicht hinter diesem Zaun, die verfaulen schräg gegenüber unter den Bäumen, da fehlt auch ein Haus, und die Erde ist voll nassem Laub.

War das eine Unterrichtsstunde?
Weiß sie jetzt, wo sie ist und warum sie hier steht, weiß sie endlich, wies weitergeht?
Nein.

Die Liebmann sucht eine Wohnung. Und ist erst mal klar, wo sie bleiben wird, wird auch alles gut, dann ist Ruhe, denkt sie.
Aber komisch, es geht nicht, schon monatelang. Im Osten, die Leute, die sich da melden, wohnen jedesmal auf der Nordseite einer Straße, oder zum Hof hin, nur dunkle Wohnungen, und aus Westberlin will kein Mensch in den Osten. Wenn doch einer kommt, spricht er über die Fahrt, wie weit das hier draußen ist, Pankow, das dachte man gar nicht und geht wieder. Berlin ist groß.
Nur einer will, und das ist ein Pärchen von einer Ecke der Potsdamer Straße, ein Neubau, die sagen: Ja.
Großes Mädchen mit Kind und ein Mann dazu, klein, die laden sie ein hinzukommen, es regnet aus Kannen, als die Liebmann drei Tage später Ecke Kurfürstenstraße die Hausnummer sucht. In der Tür steht die Frau, müde, es ist eine winzige Wohnung, zwei Zimmer, das Kind auf dem Wollteppich rollt sich herum, die Frau setzt sich in einen Sessel, bietet der Liebmann den anderen an, mehr paßt in das Zimmer nicht rein, direkt unterm Fenster die Straßenkreuzung, in Wellen von unten der Krach von den Autos, darum will keiner tauschen, seit Jahren schon, logisch.

Die Liebmann will hier auch nicht wohnen, in der folgenden Unterhaltung spielt die Wohnung auch keine Rolle. Die Frau erzählt ihr Leben, und die Liebmann erzählt ihr Leben, kurz natürlich, die letzten Jahren. Sie sind beide aus Pankow und wollten beide raus aus der DDR, nur die eine ging dann mit dem Paß hin und her, die andere kam ins Gefängnis, weil sie sich vor das Staatsratsgebäude gesetzt hatte, aus Protest, weil ihr Antrag auf Ausreise gar nicht bearbeitet wurde, acht Monate Knast und dann freigekauft, kam fett wie ein Schwein raus, hat sie gesagt, von Medikamenten, die im Essen waren, ein Jahr krank danach, dann den Mann getroffen, der jetzt nicht dabei ist, bei diesem Gespräch, aber das Kind auf dem Arm hielt, in Pankow, bei der Besichtigung, das schöne Kind.
Die Liebmann sieht sich die Wohnung an, setzt sich wieder, steht auf, dreimal, viermal und fünfmal, sie kommt hier nicht weg, sie hat hundert Quadratmeter, Ruhe und Grün, sie will dieser Frau ihre Wohnung geben, aus Schuld schon mal, weil sie es besser hatte, gibts denn keinen Grund, diese Wohnung zu nehmen, nein, hier kann sie nicht arbeiten, bei diesem Krach, als ob sie noch arbeitet, die letzten Jahre, sie schlaucht sich so durch, denkt ja doch nur an ihn, der nicht kommt – gleich kommt er, sagt da die Frau zu dem Kind auf dem Teppich, der Papa.
Gong – und die Liebmann will gehen, sofort. War das die Türglocke, nein.
Läuft ein paar Straßen weiter, bis alles schön teuer wird in den Läden, schön still, die Lokale, und setzt sich, kauft Zigaretten.

War was?
War das eine Unterrichtsstunde?
Was hat denn hier reingehauen auf einmal?
Drei Mann in einem Raum, und die schlagen dich, ist es das?

Das wußte sie doch, daß sie niemals dagegen stand, nie so wie die, weiß sie schon lange, und das mit dem Paß weiß sie auch, das war falsch, mehr als falsch, ihn zu nehmen, das hätten auch andre gemacht, aber bekommen, warum eigentlich? Wegen dem Vater vielleicht? Hatten die da noch ein schlechtes Gewissen, ganz im Gegenteil möglicherweise, der wäre dagegen gewesen, und eines ist klar, wer den Paß mal genommen hat, der kann sich niemals mehr ehrlich machen, nicht wahr? Das hat sie auch gewußt, wenn sie ehrlich ist, aber seit wann ist sie ehrlich, von jetzt an, na wenn sie ehrlich ist, dann wars ihr egal, sie wollte schnell raus, und das war das Schnellste, war gar nicht verkehrt, der Gedanke, und sie würdes noch mal machen, wenn sie sich wieder die Mauer vorstellt, geschlossen, aber dann weiter weggehen, viel weiter weg, ach, interessant, und warum ist sie hier, weiß sie nicht, nein, wenn sie ehrlich ist, klopft ihr Herz aus einem ganz anderen Grund. Diese Frau ist aus Pankow, will tauschen wie sie, und es geht nicht, seit ebenso langer Zeit, die wollte auch raus, raus hier, ich wollte nur raus hier, hat sie gesagt vorhin, raus hier, aber bei ihr ist es anders gelaufen, und jetzt hat die Frau da alles, was die Liebmann nicht hat, und was die Liebmann hat, das hat die nicht, und das ist nun die einzige, die mit ihr tauschen könnte, die steht mir gegenüber, das heißt was, wir sind jetzt wie Spiegel, nein, wie Spiegel nicht, ich bin in dem Spiegel drin.

Geht raus auf die Straße, es ist alles still. Das wollte sie doch, daß es still ist, eben hat sie das grade gesucht, dieses Stille, läuft vorsichtig, leise, auf Messerspitzen beinah, weiter, die kennt sie doch, diese Gangart, nicht wahr? Und wenn ihr jetzt jemand entgegenkommt, als einzelner so ganz alleine sie ansieht im Vorübergehen, quittiert sie das mit einem Lächeln, du tust mir nichts, heißt das, versteht sie auf einmal, weil das hier die ruhige Gegend ist, wo man schweigt und versteht, oder eben nicht fragt, hier hat sich nie einer aufgeregt über den Paß, den sie hatte, die hatten ja alle, die wechseln die Welten schon länger, als sie einen Paß hat, viel länger und laufen und lächeln, und alles ist still, wo sie sind, das ergibt sich von selber, das große Gebiet. Jetzt ist sie drin. Alles still.

Da fällt es ihr wieder ein, wieder das Auto, das Türenzuschlagen, der offene Mantel, das Lächeln von Weitem, diese Hoffnung, von einer Straßenseite zur anderen, daß du da bist und daß es dich gibt, das war keine Täuschung und keine Verachtung, nichts davon, es war doch was Weiches, etwas von Rettung, hilf mir, hier an dieser Stelle.

Ich kann nicht.
Ich kann nicht weitergehen. Nicht wirklich.
Ich kann nicht sagen, was mich bewegt. Es ist etwas Schreckliches geschehen, aber ich weiß nicht, was.

Im Spiegel. Die Vorstellung von einer läufigen Seele. Rennt hierhin und dahin, guckt hoch und guckt runter, wer sieht mich, wer sieht mich, wer faßt mich mal an? Sie rennt auch durch Träume, in alten Kanälen hält sie sich auf, in Dreckwasser und auf Treppen und Stufen, sie klettert die Trümmerberge hoch, kommt aus Gullys und kommt auch von Zimmerdecken herunter, mit riesigen Augen, so wunderschön, sieht dich an, sieht mich an, sieht ihn und sieht sie an, und jeder fühlt ein Verwandtschaftsgefühl, sieht, daß sie sich quält, sieht, sie will ja erlöst sein, sie sagt nichts, sie bittet um gar nichts, hat nicht einem Menschen sich wirklich verpflichtet, das ist es ja grade, was jeden erbarmt, was ihn zwingt, sich herunterzubeugen oder hochzugucken, wo irgendwo aus einer Ritze die Seele sich grade herausarbeitet, stumm, nur mit Blicken zeigend, wie gut das jetzt täte, eine Berührung, ein Händedruck, eine Nacht zusammen zu atmen. Welche Erleichterung, gleich auf der Stelle, denkt der, den der Blick trifft, und denkt auch an sich, denn er hat eine nackte Seele erblickt.

Kein Körper. Aber der ist auch da, der steht da und guckt.

Savignyplatz. Alles still. Cafe Cour Carrée.
Die Stühle in dem Vorgarten sind zusammengekettet, die Hecke ringsrum glänzt vom Regen, und der Terrassenboden von dem Shell-Cafe, dort, auf der anderen Straßenseite und hier, Cour Carrée, wölbt sich nicht. Eine Reihe von Autos davor, abgestellt, Blechkisten, leer. Im Spiegel. So ist das also: Ich kann nicht.

Warum ist Johannes eigentlich tot?
Und warum war das immer geheim, daß Ulbricht mal abgesetzt war, ein Familiengeheimnis, warum haben die das niemals gesagt, die Parteifeinde damals, und schon gar nicht in den entscheidenden Tagen? Kein Vertrauen. Das wars. Kein Vertrauen. Sie wolltens nicht wirklich. Geheim. Auch der größte Sieg ein Geheimnis. Die Liebe. So wie du, fällt ihr ein, wie bei dir. Und was hat das mit Berlin zu tun, Westberlin, fällt ihr ein, grade hier, du weißt, wo wir uns treffen, wenn wir uns verlieren, ja, wir treffen uns hier, aber warum, und was ist hier?
Hier ist es schön.

Eine Stunde später steht sie am Hackeschen Markt, mit hundert anderen, die aus der S-Bahn stiegen, Menschenwand vor den Gleisen der Straßenbahn, hundert Personen in billigen Kleidern wenden die Köpfe dorthin, wo die Bahnen hervorfahren müssen, starrn in den Schatten unter der Eisenbahnbrücke, die Bahn fährt hier leer vor, für jeden ein Sitzplatz, schiebt ab in die Rosenthaler, vorbei an dem halbrunden Eckhaus zur Neuen Schönhauser, das ist immer noch eine Ruine, fünf Stockwerke hoch blinde Fenster, unser Leben lang, gegenüber auf der freien Ecke der Blumenkiosk, hier ändert sich nichts, nur in der Rosenthaler, dieses Geschäft, wo Eva ihr Huhn damals holen wollte, am Sonntag, das führt jetzt Bauchbinden, Krücken und so was.
Was soll sein, Irina?
Die Frage hat sie damals nicht ernst genommen. Die ganze Eva nicht, möglicherweise. Wo ist die eigentlich abgeblieben?
Es kommt ihr so vor, daß sie rübergehn müßte, in die Straße, ins bunte Cafe, daß sie dort wissen würde, wie das alles gekommen ist, diese Entfernung und du, und woher wir uns kennen, wir kennen uns alle von dort. Sie dreht also langsam schon alles um, denn ins Cafe hat sie ihn geführt, er ist nicht von dort, sie übrigens auch nicht, sie hat es ihm zeigen wollen, das ist lange her.
Kommt in Pankow an, alles wie immer: Kisten unausgepackt, Zimmer leer, Papier überall mit den Texten an ihn, diesen Mann, überall steht, daß sie ganz genau weiß, daß er sie liebt, sie ihn auch, undsoweiter, sonst nichts, was auf Leben hinweist.
Es sieht aus, als ob niemand hier wohnt, denkt die Liebmann, im Spiegel, im Spiegel, wenn so etwas möglich wä-

re, sieht es aus, als ob jemand gestorben ist, grade gestorben, denkt, im Innersten ist es vielleicht schon passiert. Dann wäre im Spiegel mein Innerstes, das Verborgenste also, das, was ich nicht weiß, so sichtbar, so vor meinen Augen?

Die Liebmann hat Kopfschmerzen, das hört nicht auf, sie möchte die Wohnung in Westberlin nehmen, aber die Miete in Pankow wird hoch, das können die gar nicht bezahlen, die beiden da drüben, es wird nichts, schon wieder, sie kann nichts mehr schreiben, nichts mehr dazulegen zu diesen Blättern, die überall rumliegen, du, steht da drauf, daß er kommen soll, und dann ist alles gut und sonst gar nichts.
Warum geht sie nicht hin?
Weil sie wollte, daß Schluß ist. Sie hat ihn ja selbst weggeschickt, als er wieder mal hier war, in Pankow, sie will mit ihm richtig zusammenleben, sie kann das nicht aushalten: Er ist froh, wenn er kommt, und auf einmal dann, plötzlich, sie kann es nicht greifen, entschwindet da was – er ist da und ist nicht da, ist immer entfernt.
Und warum entfernt sie sich nicht?
Na das Leben, das Leben ist dort, da bei ihm, in seinem Bauch ist es drin, unter seinem Fell, seiner herrlichen Haut schläft es ruhig und still, alles Glück, ja in ihm, der sich gar nicht bewegt, wie ist das zu erklären, das weiß sie doch nicht, dafür ist es ja Liebe, nicht wahr?
Ich hätte mehr aushalten sollen, denkt sie, drüberwegsehn, es steht ja in allen Sonntagsblättern, wie eine Frau sich verhalten soll, also ruft sie ihn an, und er kommt auch, sofort.

Er kommt mit Wein, guten Nudeln, er bleibt stehn in der Tür, und in dem dunklen Flur umarmen sie sich, vorsichtig, still.
Du bist ja noch da. Ja.
Er liegt neben ihr, so wie früher einmal, wie am Anfang von allem, nur still. Nachts schreien die Katzen, die Straßenbahn quietscht, man hört es bei offenem Fenster, und Möwen kreisen am Morgen, auch wenn es noch dunkel ist über den Dächern. Da steht er am Fenster und sieht auf den Hof.
Heute kann er nicht wieder kommen, nicht jeden Tag. Die Straßen nach Osten sind immer verstopft, Autostau immerzu, du bist so weit weg, sagt er, das muß sie verstehen, das will sie auch, und sie rufen sich an, einen Tag, zwei, dann weint sie schon wieder, du quälst mich, nein, sagt er und versteht nicht, er ist doch da, irgendwo, aber es muß einen Grund geben, warum sie ihn so wenig spürt, warum er nicht anruft, wenn er es verspricht, wenn er weiß, daß sie wartet, und warum sie nicht mitgehen soll, wenn er sich mit seinen Kindern trifft, seinen Kollegen, oder bist du mit einem anderen Menschen beschäftigt, mit einer anderen Frau, nein, sagt er jedesmal, nein, wirklich nicht, wirklich, aber wirklich ist er ja auch nicht bei ihr, das ist unheimlich, das ist ganz unheimlich, dann soll er gar nicht mehr kommen, jetzt schreit sie schon wieder, er kommt nicht mehr. Wenn du es willst, sagt er, was kann ich tun? Schon wieder Ende, schon wieder Angst, irgendwas zu vergessen, sein Gesicht, seine Hände, die Haut an den Schläfen, wie weich die ist, wenn sie die Hand darauf legt und bedürftig, es stimmt ja – wer weiß denn beim Abschied, wie lang die Trennung wird?

Nichts also geändert und Kopfschmerzen, Zeit, sich zu retten, mit was denn, na arbeiten. Was will sie arbeiten mit dieser Rübe, die platzt ihr ja gleich, es kracht schon da drin, wenn sie nur auf Papier guckt. Ich kann nicht. Ich kann nicht weitergehn. Nicht wirklich. Es ist etwas Schreckliches passiert, aber ich weiß nicht, was. Ich kann mich nicht erinnern. Und trotzdem, was ist das, was sie nicht weiß, und wieder denkt sie: Cafe.
Wir kennen uns alle von dort.

Da verschwinden die Kopfschmerzen, komisch.

Das Cafe also. Ein Cafe parterre in der Hamburger Straße, das Cafe der Nachkriegszeit, es gab nur eins. Platt auf der Erde, die Fenster tief, gegenüber die Handelsschule, stehn Bäume davor, die Straße ist eng und gerade, von einem Ende kann man bis zum anderen sehn, ziemlich hohe Bordsteine, Asphalt dazwischen, bei Regen blau, auch auf Fotos blau.
Wie einen Haken sieht sie sich sitzen in diesem Cafe, festgehakt, und was fällt ihr da ein?
Cafe, Judenmord, Alt-Berlin. Das. Das sofort, und noch mal die Schule, die dem Cafe gegenübersteht, und die Rasenfläche daneben, das war mal ein jüdischer Friedhof. Davor stand ein Altersheim, Sammellager, Gasautos holten die Leute ab, jeder Mensch würde abhauen aus so einer Gegend und sich nicht noch freiwillig reinziehen, was alte Frauen erzählen, Liebmann, was hat die sich dabei gedacht?
Na, daß es interessant ist, die Gegend, das alte Berlin, mit dem Friedhof, der Kirche, dem Krankenhaus, alles zusammen, wenn man alles mal aufschreiben könnte, was

hier war, was die Leute erzählen, das dachte sie damals und sieht sich vor fremden Türen stehn, klingeln, Treppen hochsteigen, runter und schreiben, sortieren, in dem Cafe verschwinden zum Aufwärmen. Dann kommen Manne und Eva und andere Leute, dann wird es lebendig, lebendiger als woanders, das wolln wir mal festhalten, das ist die Wahrheit, und als sie das erste Mal in dieser Straße stand, dachte sie: Hier ist es schön.

Es war ein Zufall, die Liebmann war neu in Berlin, sie wohnte in Mitte und war falsch gelaufen, von der S-Bahn nach Hause, bog Oranienburger nach rechts, ging über eine leere Fläche, das Grundstück Oranienburger Straße 10, sah eine Straße, eng und gerade, mit vielen Geschäften, erleuchtet und offen, lauter kleine Läden mit alten Schildern, viele Menschen liefen die Straße entlang, auf dem Asphalt sogar, es fuhr kaum ein Auto, mitten in Ostberlin auf einmal eine richtige Straße, so war das, und alles von früher hat sie erst viel später erfahren, ändert das was?

Nein.

Sie verkleinert das Bild: die Straße, die Läden, die Menschen, das Cafe, die Kirche, der Friedhof, jüdisch, preußisch, berlinisch, und wenn die Liebmann nicht so lange Haare hätte, dann würden die ihr jetzt hochsteigen, sie würden zu Berge stehn: Sie sieht ja die Landschaft ihrer Gedanken! Was sie damals für gut hielt, für böse, alles da, und es stand sich direkt gegenüber auf den Straßenseiten, rechts – links, kann das sein, und da ist sie geblieben.

Nun war es ja auch nicht mehr schön.

Interessant! Interessant ist doch besser als schön.

Aus dem Kopf, gleich hier, an der Schreibmaschine kann sie zum Beispiel erzählen, daß die beiden Eckhäuser zur Oranienburger erst am Ende des Krieges kaputtgingen, eins gehörte Herrn Keilich, ein Spielzeuggeschäft, drei Etagen hoch Puppen und Teddybären, zerbombt, das andere war ein Mietshaus, das sollen die Russen gesprengt haben, als sie in einer Wohnung ein Hitlerbild fanden, in dem Keller bei Keilich hat ein junges Mädchen als Lehrling zehn Stunden am Tage gesessen und Ware gezählt, eingeschlossen, bei Kerzenlicht, die hat von morgens bis abends geweint, ein Jahr lang, und im Keller vom Haus gegenüber führte ein Herr Michalski eine Mechanikwerkstatt für Artisten vom Zirkus Busch, auf den Hof von diesem Haus ist mal ein Einbrecher gestürzt, den hatte ein anderes junges Mädchen auf einem Balkon balancieren sehen, sie schrie, und er fiel, sofort tot, sie erkrankte an Gürtelrose, das Lehrlingsmädchen von Keilich hat später in Brandenburg ihren Mann im Zuchthaus besucht, der saß wegen Wehrdienstverweigerung, und dabei abends beobachtet, daß an einen bestimmten Zug Berlin – Brandenburg täglich ein Wagen gehängt wurde, da waren Menschen drin, die in Berlin in den vergangenen vierundzwanzig Stunden aufgegriffen worden waren. Wenn die ausstiegen, wurde der Bahnhof gesperrt, sie hat einmal ein junges Mädchen gesehn, im Kartoffelsack, wie das durch den Bahnhof gestoßen wurde, und dieselbe Frau ist ihrer großen Liebe erst mit fünfzig Jahren begegnet, die andere, die mit der Gürtelrose, hat sich einmal furchtbar erschrocken, als ihre Schneiderin, die ja ins Haus kam, damals, die Handtasche vor das Revers der Kostümjacke hielt, es war da ein Judenstern drunter, und hat gesagt: Was machen Sie denn, das ist doch verboten, das dürfen Sie nicht, sonst kommen Sie noch in den Gaswagen – wie lange schleppt sie das mit sich rum? Wie lange stapelt sie diese Papiere, beschrieben, kopiert und zusammengeklebt, Häuserlisten, Gespräche, Stadtpläne, Aktenauszüge, wie lange geht sie an diesen Krükken?

Ich gehe ja gar nicht.
Ich stehe.
Es sind auch nicht Krücken, genauer betrachtet sieht das eher wie Stelzen aus, Aussichtsturm. Und still ist es auch.

Still, denkt die Liebmann, Papier dazwischen. Solange das da ist, solange das alles so auf dem Papier steht, ist es da und auch nicht da, die Bomben, die Trümmer, die toten Juden, der Einbrecher auf dem Balkon und die Gürtelrose, nicht wirklich.
Es ist aber wirklich passiert.
Und die anderen da unten, die wissen das längst, die drehen der Sache den Rücken zu, die fressen und vögeln und lachen sich eins, aber das ist nicht richtig, nicht richtig, ich dreh dir ja auch nicht den Rücken zu, ach, heißt das, ich wäre dann unten?

Alles aufschreiben, keine Bewegung.

Die Wachtürme an der Mauer, Berlin, fallen ihr ein, und auf der anderen Seite die Aussichtstürme zu uns rein, in unseren Zoo. Wie Menschen da oben standen, wenige, daß die sich schlecht fühlten, konnte man sehen, und trotzdem: Die standen da oben.

Ich saß in meinem Zimmer, da kam mir das Kotzen. Mir kam wirklich das Kotzen, nicht nur in der Phantasie. Ich hatte auf dieses Sofa gestarrt, das ich einmal als sanft beschrieben hatte, dieses Stück aus den zwanziger Jahren, aus unserer Klassik, die Klassik zum Frühstück, das stand da wie immer, zum Anfassen nahe und leer, mir war durch den Kopf so ein Bild gezogen, Stiefel, daß Stiefel gut dazu passen würden, dieser Gedanke, schwarze Stiefel, das Sofa, ich will es dir schenken, ich hatte es gewollt, das Sofa, fest wie ein Thron, Doppelthron für uns beide, wenn du mir gehorchst und ich dir, wir da oben, wer war das, der so was verlangt hat, mir wird schlecht, das ist so dahingesagt, aber ich lief zur Toilette, ich kotze, ich kotze, ich muß ja verrückt gewesen sein, denn was ich gesehen habe auf dem Sofa, ich sehe nur einen drauf sitzen, den Kopf nicht, die Schultern nicht, alles im Nebel, nur eine Hand auf der Lehne, zwei Stiefel, die glänzen.
Tag, Herr Sturmbannführer.

Im Spiegel.

Aber da wimmert es aus der schwarzen Wolke. Es weint.

Ich bin ein Teil der Welt, ein Teil des Lebens, das überall rumkriecht, so belanglose Ameisen, denkt man, aber es ist da, und wenn du die Lupe ranhältst an eine Stelle, an einen Fleck, der da rumwimmelt, dann könntest du mich sehen, hättest du mich sehen können, in meiner Gläubigkeit, in meiner Schäbigkeit, Armut, Demut auch, da hättest du mich sehen können als ein Masseteilchen, Masseteilchen, ja, mitten im Leben eben. Aber die Angst packt mich wie Sturm, wie Steine am Himmel, ich, ich komme näher, also bin ich, wo ich bin, es geht nicht, es ist eine Sucht. Wenn ich es tue, dann denke ich nur noch, es soll nicht sein, ich tus nie wieder, und wenn ich es nicht tue, denke ich immerzu daran, an dieses verbotene, Tunnel, vorwärts, und Tunnel, zurück, es ist nur noch Saugen, so vor und zurück, auf der Stelle gehen mit äußerster Kraft, mit den Haaren aufgehängt, mit den Füßen zusammengeschraubt, gedreht, meine Freunde, die süchtiger waren, sind tot, es waren keine Freunde, ich habe nie im Leben Freunde gehabt, Freunde, das ist was für Kinder, ich habe eine Frau.

Es wimmert natürlich nicht, und es gibt keine Wolke.
Die Liebmann weint. Sie hat einen Zettel gesucht zwischen ihrem Papier, da war was, was noch dazugehört, sie hat den Text selbst geschrieben, und mit diesem Blatt in der Hand denkt sie an alles, was sie so verlangt hat, ihr Recht.
Daß es richtig ist, was der Richtige tut, richtig, richtig, Gericht, gegen dich, gegen mich, du genauso, du hast das Richtige schweigend getan, weil du dachtest, es ist jetzt das Falsche. Die Kälte, das ist der Punkt.

Alles trennen. Erst wird mal getrennt, eine Grenze gezogen, ich soll nicht dorthin wo du bist, und du kommst dafür auch nicht her. Schreien lassen, ein Kind muß man schreien lassen. Hat geklappt, aber wenn man genauer hinsieht, keine Liebe, kein Lachen, nix warme Haut. Stiefel, Hochmut und Recht.
Recht und Anrecht, worauf? Große Liebe.

Und der Schreck damals, Ende, das war gar nicht Jude? Auf jeden Fall wars, wie es angesagt war: Wenn du das nicht tust, dann bist du ein Schwein, und wenn du jenes nicht tust, dann bist du doppelt ein Schwein, und weiter und weiter, duuu, duuu, Freundchen, wir, wir vor allem, dieses wir schon mal, wir durchschauen dich, du bist schlecht, du willst kneifen, jaaa, das Gute und Richtige, das muß es sein, dann ist ja alles anders, denkt die Liebmann, dann habe ich mich abgequält wie eine Blöde für Gedanken aus Köpfen von anderen Leuten, dabei kann ich machen, was ich will.

IM SPIEGEL

Und nun, Liebmann, wie geht es weiter?

Berlin ist offen. Die Weidendammer Brücke ist Ladefläche für Bauteile einer neuen Brücke. Menschen schlängeln sich daran vorbei und zum Bahnhof, wo Sand auf die Straße geschüttet ist, darauf kauern Zigeuner, spielen Akkordeon, singen. Unter der Eisenbahnbrücke ist die Friedrichstraße mit Drahtzaun versperrt, und der Bahnhof, so groß, steht im Wege auf einmal, verdreckt und bepinkelt, steht in östlicher Musik.

Berlin ist offen. Richtung Westen sind in der Friedrichstraße auf einmal Ruinen zu sehn, die standen wohl immer da, alle die Jahre. Am Checkpoint ist Markt.
In der Französischen Straße, in einem einzeln stehenden Haus, das ist rot, hat ein Restaurant geöffnet, das schon einmal lange geschlossen war, drinnen Marmorsäulen, die unten, über dem Fliesenfußboden, in Messingringen enden, geformt wie Elefantenfüße, und es gibt auch ein Kuchenbuffett, nur die Mohrenköpfe, die fehlen. Borchardt heißt das Lokal. Davor eine Baugrube, riesig.

Friedrichstraße Ecke Unter den Linden reißt ein Greifer ein Haus auseinander, zwei Stahlfinger an einem endlosen Arm rupfen Stück für Stück Platten heraus, es gab mal ein Cafe in diesem Haus, einen Brunnen davor – Leute stehen und starren, saß jeder mal drin, hat jeder so seine Gedanken dabei. Zwei Straßen weiter an der Französischen Straße ist das Cafe Praha verschwunden, ein Rohbau, Beton, steht nun auf dieser Ecke, Zettel kleben parterre an den Scheiben – hier entsteht ein argentinisches Steakhaus, das klebt schon ein Jahr an den Scheiben, das glaubt keiner mehr, und egal ist es auch, gut ist es, endlich, die Cafes sind weg.

Ringsrum Baustellen, Stahl und Beton, kaum ein Mensch, und wenn doch einer herkommt von denen, die öfter hier liefen, kann er nicht einmal Unter den Linden das Gefühl wiederherstellen, daß das Innenstadt ist, Mitte, Wohnzimmer, dieses nun grade, dieses Stück von der Stadt, dieser Winkel, in dem sie herumliefen, alle, zu Hause sein sollten, zu Hause sein, hier, auf Paradestraßen. Das einzige Gute an denen sind die Stangen, die nun an die Gitter geschweißt sind, Gitter, an die man sich noch erinnern kann, weil sie in Abständen in der Mitte der Straße herumstanden, an diese Gitter sind nun also Stangen geschweißt, daran hängen Glaskästen, blau, mit den Namen der U-Bahn-Stationen, in die man jetzt wieder einsteigen darf, Treppen runter, die Friedrichstraße. Unten fährt Wachsmann herum, der bleiche Geselle, wer Glück hat, dem tippt er mal zart auf die Schulter, Wachsmann ist Wachmann hier unter der Erde.

Im Wedding steht Eva hinter dem Tresen, sie hat eine Kneipe gepachtet, dunkel, Bäume versperren den Blick aus den Fenstern und haben auch zu viele Blätter bekommen, und Berlin dieses Jahr, ist das nicht wie im Busch, immer grüner die Stadt, wächst ja alles hier zu, die wenigen Gäste sitzen vorn an der Theke, ein Bier und ein Pfefferminz, Eva trinkt auch Pfefferminzlikör, grün und sieht auf die Straße, das geht, weil die Tür offen steht. Wie findest du mich, so dick hast du mich ja noch niemals gesehn, denn so dick bin ich niemals gewesen. Aber Eva ist gar nicht dick, es gefällt ihr nur nicht, immer stehen, man kann ja nicht weg hier, das ist nichts, auf Dauer, und drüben war sie schon lange nicht mehr, in Mitte, im Osten, die dachten doch wirklich, die brauchen nur ihre Taschen aufhalten, wenn die Grenze aufgeht, der Goldregen, nein – sie steht in der eigenen Kneipe mit Blick auf die Bäume, die Äste, der Wind biegt sie hin, her, hoch, runter mit Grün.

In Mitte, im Cafe paar einzelne Gäste an einzelnen Tischen, das Zimmer, wo einmal der Fotograf saß, steht leer, vorne der Stammtisch ist ausgeräumt. Wo der Gemüseladen war, ist jetzt auch ein Cafe, für Touristen, Studenten, mit Gold an den Wänden, neue Fenster reichen wie Türen bis auf das Pflaster, stehen offen, wenns warm ist. Hier bei Karin wie früher das gelbe Licht, nur stiller als früher, ein paar Männer aus der Gegend stehen am Tresen, unterhalten sich. Wer rausguckt, kann die Schule sehn, die ist wieder jüdisch, die Polizisten davor und die Fläche, auf der mal die Turnhalle stand. Die Turnhalle fehlt, die ist abgerissen, wer rüberguckt, sieht nun mehr von dem Friedhof, den Bäumen, und auch er wird bemerken, wie grün das doch ist, wie das wuchert, Berlin, dieses Jahr.

An der Ecke Oranienburger, wo Keilich mal stand, gibt es Autos zu kaufen, gegenüber liegt Schutt hinterm Zaun. Die Bürgersteige in der Oranienburger sind neu gepflastert, der S-Bahnhof unter der Straße ist offen, und wie sieht er aus – so wie alle hier unter Stadtmitte: schlecht beleuchtet, die Decken niedrig, die Schrift an den Wänden Fraktur. Berlin ist offen. Wer will, fährt von Schönefeld bis zum Zoo, wer nicht aussteigt, der sieht Berlin ganz.

Zuerst Grasflächen, grün, dann Zäune vor Gärten, tausend Wände mit Fenstern, Fabriken, die Spree, je mehr er der Mitte sich nähert, um so häufiger wird er Wasser sehn, schwarz, zwischen Wänden aus Stein, das sind Krankenhäuser, Museen, Kasernen, grau, massiv und von Wasser umflossen, wer so durch das Zentrum fährt, denkt plötzlich Schiff, denkt, wenn er dann breite Alleen und Brachland von oben sieht: Landeplätze, denkt: Flugzeugträger – ein Flugzeugträger in der Steppe, ein Kriegsschiff, und nun ist er drauf, oder drin, in Berlin:
mit dem Kind, das im Kinderwagen neben sein Bein geschoben wird und den Kopf nach ihm wendet, das Porzellangesicht eines Japaners,
mit der Mutter, die ihre Hände um die Lenkstange dieses Wagens klammert,
mit den Jungs, die an den Straßenecken Gummihammer verkaufen, zum Aufblasen und sich an die Beine schlagen damit,
mit den Kindern, die an eine Hauswand gelehnt, sich die Gesichter schminken lassen, hellblau,
mit dem Mann, der auf einer Bühne La vie en rose singt zum Akkordeon,
mit dem Mann, der die Leute anschreit, daß sie weitergehen sollen,
mit dem Krüppel, der seine gesunde Familie ausführt,
mit der Frau, die sich einen langen Rock angezogen hat,
mit dem Pop-Corn-Verkäufer, dem sie die Uhr gestohlen haben,
mit dem Kinokarten-Verkäufer, der einen Witz macht,
mit dem Kinokarten-Kontrolleur, dem ein Adler auf den Oberarm tätowiert ist,
mit der alten Frau, die einem Kind die Zunge herausstreckt,

mit der alten Frau, die die Lippen zusammenkneift,
mit der alten Frau, die ihren Mann fester an der Hand faßt,
mit dem dunkelhäutigen Kind, das plötzlich stehenbleibt,
mit dem hellhäutigen Kind, das nun auch stehenbleibt,
mit den Hunden, die vorbeilaufen,
mit dem Fahrrad, das an ein Motorrad gelehnt ist,
mit dem Motorrad, das achttausend Mark gekostet hat,
mit dem Busfahrer, der sich fragt, wo er hinfahren würde, wenn er jetzt wieder jung wäre, und es wäre noch sehr, sehr früh am Morgen,
mit dem Mann, der vom Tennisplatz kommt und in ein Auto steigt und losfährt,
mit der Frau, die danebensitzt und sich an einen Ohrring faßt und der nun einfällt, sie hätte geträumt, aus diesem Ohrring käme Musik,
mit einem Mann, der im Auto daneben fährt und sich immerzu umdreht,
und da dreht die Frau neben dem Mann vom Tennisplatz sich auch um,
und der Mann neben ihr dreht sich um, und sein Tennisarm tut ihm weh im Gelenk,
und das dunkle und das helle Kind drehen sich um und sehen zu ihrer Mutter,
und diese Frau hockt neben einem großen Hund und zieht ihm etwas aus den Zähnen,
und der Hund fletscht die Zähne,
und die Frau macht es ihm nach,
und die Kinder fletschen die Zähne,
und der einsame Mann im Auto fletscht die Zähne,
und die Frau mit den Ohrringen fletscht die Zähne,
und der Mann neben ihr hat es schon die ganze Zeit getan,

und da hält die Bahn, und lauter kleine Zigeunermädchen steigen ein, sie laufen zum Ende des Wagens, zu der Glasscheibe dort, und sehen in den Nachbarwagen, wo genausolche Mädchen stehen und winken und klatschen gegen die Scheibe und umarmen sich dann.
Die Liebmann sitzt auch drin, schon lange, neben einem, der dunkel aussieht, sie unterhalten sich, reden in einer anderen Sprache, ist das arabisch, chinesisch vielleicht, und der Freund sitzt drin, der Möbelpolierer, und sieht aus dem Fenster, guck doch mal, guck doch mal, ruft er. Wie schön es hier ist, denkt die Liebmann, aber da hat sie schon das ganze Papier weggeworfen, verschenkt, die Wohnung gekündigt, eine andere Wohnung gefunden, eine kleine Kajüte auf diesem Schiff, es scheint Sonne rein, so wie hier, in die Bahn, die über dem Wasser fährt, glitzert.

Irina Liebmann

Berliner Mietshaus

Band 11287

Für ihre erste Buchveröffentlichung besuchte Irina Liebmann über ein Jahr hinweg drei Dutzend Mietparteien eines Gründerzeithauses im Bezirk Prenzlauer Berg und befragte sie. Des ganzen Lebens Fülle findet sich in diesem Mikrokosmos wieder. Die ältesten Bewohner stammen noch aus der Vorkriegszeit, die jüngsten waren aus der südlichen DDR zugezogen. Irina Liebmann gelingt es, für jedes Mieter-Porträt die angemessene Farbe und Tonlage zu finden. Auffällig übrigens, daß etliche der gezeichneten Personen zwar hier und da Mißmut und Unbehagen äußern und nörgeln, sich im Grunde aber mit ihrem damaligen Staat abgefunden, sich in ihm eingerichtet haben. Das Viertel Prenzlauer Berg gibt es schon jetzt nicht mehr in der Form, wie es Irina Liebmann festgehalten hat. Neben ihrem literarischen Reiz zeichnen sich diese Porträts durch ihren Zeugniswert aus.

»Wie lebten die Leute, die montags unter Transparenten auf der Straße stehen? Die Füße, die sich die Revolution erlaufen und erstanden haben, die Münder, die sich die Revolution erschrien haben, kamen aus dem Alltag. Ein Berliner Mietshaus gibt ihn zur Besichtigung frei.«

Süddeutsche Zeitung

Fischer Taschenbuch Verlag

fi 1223 / 3

Günter de Bruyn

Zwischenbilanz

Eine Jugend in Berlin

Band 11967

Günter de Bruyn erzählt von seiner Jugend in Berlin zwischen dem Ende der zwanziger und dem Beginn der fünfziger Jahre. Die Stationen sind: seine Kindheitserfahrungen während des Niedergangs der Weimarer Republik, die erste Liebe im Schatten der nationalsozialistischen Machtwillkür, seine Leiden und Lehren als Flakhelfer, Arbeitsdienstmann und Soldat, schließlich die Nachkriegszeit mit ihrem kurzen Rausch anarchischer Freiheit und die Anfänge der DDR. Günter de Bruyn beherrscht die seltene Kunst, mit wenigen Worten Charaktere zu skizzieren, Szenen zu entwerfen und die Atmosphäre der Zeit spürbar zu machen. Er ist ein Meister des Aussparens und Andeutens. Das Buch spiegelt den Lebenslauf eines skeptischen Deutschen wider, der sich nie einverstanden erklärte mit den totalitären Ideologien, die sein Leben prägten. Günter de Bruyn macht allerdings auch kein Hehl daraus, daß er nie ein Umstürzler war, der sich lautstark gegen die Machthaber erhob. Schutz vor der oft genug schwer erträglichen Gegenwart fand er in der Familie, der Literatur und schwärmerischen Jugendlieben. So ist dieses Buch, allem Ernst zum Trotz, auf wunderbare Weise gelassen und heiter.

Fischer Taschenbuch Verlag

fi 2028 / 6

Wolfgang Hilbig

»ICH«

Roman

Band 12669

Der Schriftsteller und Stasi-Spitzel »Cambert« soll einen mysteriösen Autor beschatten, der »feindlich-negativer« Ziele verdächtigt wird. Da dieser Autor nie den Versuch macht, seine Texte zu veröffentlichen, ist der Verdacht jedoch schwer zu erhärten. »Camberts« Zweifel an der Notwendigkeit seiner Aufgabe, die ihn zu unheimlichen Expeditionen durch Berliner Kellergewölbe zwingt, wachsen mit der Unsicherheit, ob sich das Ministerium für Staatssicherheit für seine Berichte überhaupt interessiert. Immer öfter plagt ihn die Ahnung, nicht einmal seine Person werde ernst genommen. In dem muffigen Zimmer zur Untermiete bei Frau Falbe, die ihm keineswegs nur Kaffee kocht, verschwimmen ihm Dichtung und Spitzelbericht so sehr, daß er bald nichts mehr zu Papier bringen kann. Tief sitzt die Angst, unter dem Deckmantel »Cambert« könnte der lebendige Mensch längst verschwunden sein. Wolfgang Hilbigs Thema in diesem Roman ist die Verwicklung von Geist und Macht. Er untersucht sie am Beispiel eines Literaten, der zu einem Spitzel der Staatsgewalt geworden ist.

Fischer Taschenbuch Verlag

fi 691 / 5

Ulrich Woelk

Rückspiel

Roman

Band 12667

Die Hochzeit endet mit einem Eklat: Auf seine »Jugendsünden« während der Studentenproteste Ende der sechziger Jahre angesprochen, beschimpft der Bräutigam seinen ehemaligen Lehrer als alten Nazi, der einen Schüler in den Tod getrieben habe. Ein politischer Generationskonflikt bricht auf, der – wie Stirner, der jüngere Bruder des Bräutigams, weiß – auch private Ursachen hat. Scheinbar unbeteiligt und nur aus Neugier, spürt Stirner den Gründen des Streites nach, der sowohl in der Zeit des Nationalsozialismus als auch in jenem legendären Jahr 1968 wurzelt. Seine Recherchen führen ihn nach Berlin, doch was er in den Wirren der deutschten Vereinigung aufdeckt, erweist sich als ein Liebesdrama, das auch ihn selbst betrifft. *Rückspiel* beschreibt das Lebensgefühl der Generation, die auf die Studentenbewegung folgte. In einem suggestiven Erzählton, der den Leser wie in einem Sog durch das Buch zieht, vermittelt der Roman einen frischen Blick auf deutsche Geschichte und Gegenwart.

Fischer Taschenbuch Verlag

fi 1589 / 3

Berlin erzählt

19 Erzählungen

Ausgewählt und mit einer Nachbemerkung von Uwe Wittstock

Band 10925

Berlin erzählt läßt die veränderungswütige Vergangenheit Berlins in Erzählungen berühmter Schriftsteller Revue passieren. Keine andere Stadt hat in diesem Jahrhundert so viel mitgemacht wie Berlin. Nicht nur die deutsche Geschichte hinterließ hier ihre tiefsten Spuren, auch die europäische oder, wenn man so will, die Weltgeschichte. Es sind deshalb in diesem Band Erzählungen versammelt, die nicht unbedingt typisch sind für das Werk ihrer Autoren, aber Typisches aus dem Berliner Leben der jeweiligen Zeit wiedergeben. Aufgenommen wurden Geschichten, die Atmosphäre, Mentalität und Sprache dieser Metropole einfangen. Sie sollen ein Porträt der Stadt entwerfen von der Jahrhundertwende und der Kaiserzeit, über die Weimarer Republik und Deutschlands düstere Dreißiger, bis zur vermauerten Nachkriegszeit und der Wiedervereinigung.

Es erzählen:
Bertolt Brecht, Günter de Bruyn, Alfred Döblin, Marieluise Fleisser, Christoph Hein, Franz Hessel, Günter Kunert, Heinrich Mann, Thomas Mann, Vladimir Nabokov, Sten Nadolny, Walter Serner, Klaus Schlesinger, Wolfdietrich Schnurre, Jürgen Theobaldy, Kurt Tucholsky, Robert Walser, Carl Zuckmayer und Marina Zwetajewa.

Fischer Taschenbuch Verlag

fi 1157 / 2

Monika Maron

Animal triste

Roman

239 Seiten. Leinen

Die Erzählerin in Monika Marons neuem Roman erinnert sich zum letzten Mal an ihre Liebe, die ihr im Sommer 1990 begegnete, als sie nicht mehr jung war und noch nicht alt. Nachdem ihr Geliebter sie verlassen hat, zieht sie sich aus der Welt zurück und wiederholt seitdem die Zeit mit ihm als eine nicht endende Liebesgeschichte. Nur, was in bezug auf ihre Liebe sinnvoll erscheint, nimmt sie auf in ihr Erinnerungswerk, das ebenso ein Vergessenswerk ist. Das Ende der Diktatur offenbart die Ordnung ihres Lebens als absurd, die gewonnene Freiheit fügt sich nicht mehr dem Ganzen, sondern stellt die früheren Lebensentscheidungen infrage. Alle Versäumnisse münden in den Satz: Man kann im Leben nichts versäumen als die Liebe. Die Liebe zu Franz, der jenseits der Mauer aufgewachsen ist und dessen Lebensordnung darum ihren Sinn behalten hat, wird zur obsessiven Leidenschaft, die keinen Verzicht zuläßt und keine Rücksicht. In den Wirren der deutschen Vereinigung, im Chaos der Stadt Berlin, inmitten erschütterter Lebensläufe und Glaubensbekenntnisse beschwört Monika Marons Heldin die Liebe als letzte anarchische Sinngebung, die sich über jede Ordnung hinwegsetzt und ihre eigene errichtet.